少年初恋惨案

夢にも思わない

〔日〕宫部美雪——著
刘姿君——译

四川文艺出版社

图书在版编目（CIP）数据

少年初恋惨案 /（日）宫部美雪著；刘姿君译．—
成都：四川文艺出版社，2019.8
ISBN 978-7-5411-5443-0

Ⅰ．①少… Ⅱ．①宫… ②刘… Ⅲ．①推理小说—日
本—现代 Ⅳ．① I313.45

中国版本图书馆 CIP 数据核字 (2019) 第 112403 号

著作权合同登记号 图进字：21-2019-303

SHAO NIAN CHU LIAN CAN AN

少年初恋惨案

［日］宫部美雪 著 刘姿君 译

策划出品 磨铁图书
责任编辑 余 岚
责任校对 汪 平

出版发行 四川文艺出版社（成都市槐树街 2 号）
网 址 www.scwys.com
电 话 028-86259287（发行部） 028-86259303（编辑部）
传 真 028-86259306

邮购地址 成都市槐树街 2 号四川文艺出版社邮购部 610031
印 刷 河北鹏润印刷有限公司
成品尺寸 146mm × 210mm 开 本 32 开
印 张 8.5 字 数 190 千
版 次 2019 年 8 月第一版 印 次 2019 年 8 月第一次印刷
书 号 ISBN 978-7-5411-5443-0
定 价 39.80 元

1

秋夜里的虫鸣会。

这场成为一切事件开端的风流雅事，每年都在我和岛崎居住区域一角的东京都营庭园公园举办，已经办了将近二十年。

我们居住的东京老街就是所谓的地盘下陷区，在一般的认知当中，似乎是一块给人印象极差的土地——远超乎我们自己隐约的想象。

第一，地狭人稠，绿地少。

第二，地势低洼，湿气重。台风一来，一切泡汤。

第三，治安不佳。原因不得而知，但感觉就是块危险的土地。不但到处挤满可疑的店家，紧临隔壁的还是屋檐都快靠在一起、窗口晾着尿布的廉价公寓。这些房子盖在私人道路的最深处，户户相连。想要日照？门儿都没有！一早就必须开灯。这种地方最容易变成犯罪的温床——这就是一般人对这里的印象。

和住在这块土地已经第四代的岛崎相比，我这个双亲都出生在东京近郊，被认为是“当地人菜鸟”的公寓族，还没有被这块土地视为一分子。但不可思议的是，一旦受到那种露骨的误解，连我都会感到很不高兴。

的确，这里挤满了小老百姓的房子，有些的确是盖在采光不怎么好的私人小径深处。可是这种情况，在东京任何一个地方——只要不是高级住宅区——都有可能出现啊！又不只是老街才有的现象。

地势低也是一样。是，这里的地势是很低，由于原本是海埔新生地，低也是当然的。照那根竖在车站前的水位柱来看，涨潮时的平均海平面比我的身高还高。可是，海和这里之间，有堤防又有防波堤，还有好几道水闸，跟荷兰一样。

有趣的是，大家都不约而同地把“地势很低”和“排水很差”这两件事混为一谈。不管地势有多低，只要排水设施做得好，就不必担心下水道的盖子被涨满的水顶起来。事实胜于雄辩，每当台风来袭和集中豪雨发生时，嚷着淹水啦、车子被冲走的都不是我们老街这边，不是吗?

还有还有，最夸张的误会就是“治安差”这一点。这一点啊……我实在想不通。要说哪里治安不好，我想全东京到处都是吧!

虽然再怎样我也不敢夸口说“我住的是治安超良好的大学城”，但被外面的人当成约翰•卡朋特执导的《纽约大逃亡》(*Escape From New York*)里化为监狱都市的纽约，可就是个大问题了。

“我想，应该是因为那个案子给人的冲击力太强烈了。”这是岛崎的评语，“因为实在太惨了。”

他所说的“那个案子”，是我们还在上幼儿园时，从我们老街再往北一点叫深川的地区，发生的一个患有重度毒瘾的毒虫在光天化日之下杀伤许多无辜路人的案件。这个恶名昭著的案子，被世人称为“深川马路杀人魔事件”，我们对命案本身没有印象，不过倒是常常听人提起。

这片土地上的人一般共通的看法是：“那的确是非常惨的案子，但也不是只有这片土地才会发生啊。”就案子的性质而言，就算发生在新宿车站也不足为奇，只是不巧发生在深川而已。

可是，其他地方的人似乎并不这么认为。

岛崎告诉过我一个小插曲，可以说颇具代表性，那是他妈妈去参加理容同业工会的团体旅行时发生的事。不知道在谈什么的时候，大家提起“最近世道真是越来越差了，连我们做服务业的都不免遇到一些可怕的事”，天性豪爽的岛崎妈妈在奋力点头之余，又不希望气氛太沉闷，便笑着排解说：

“要是为这点小事害怕还得了，我们那里可是专出马路杀人魔的呢！”

明明是为了博君一笑才说的话，结果整个场面都冷了下来。

“我妈垂头丧气地回来。”岛崎说（为了岛崎妈妈的名誉，在此说明一下。发生那件案子时，伯母每天都到距他们理发店走路约十分钟的现场去上香献花。伯母是这样的好人。那些话并没有把案子拿来说笑的意思，请不要误会）。

也许有人会认为，世上的事有九成是建立在误会上的，实在犯不着为这种小事生气，但我就是对我们这一区的负面形象感到不平。特别是我发现班上一个非常文静乖巧又不显眼的工藤同学，混在大群女同学中几乎不会有人注意到她的存在，但是换座位坐到她旁边后，才发现她其实非常漂亮，朴素的打扮让人忽略了她精致的五官，有点斜视的右眼让她显得更可爱，熟悉之后更知道她既聪明又风趣，个性又好（不好意思，形容了一大堆。可是她就是这样，再怎么形容都不够），她非常尊敬喜爱的作家（她是个爱看书的人！）竟在代表作中以“没素养”来形容我们住的地方，让她发现后很伤心，自此以后我就开始愤愤不平。

没素养？哈哈！

扯了这么远，总而言之，我想说的就是我们这一区并没有糟到应该被除之而后快的地步，这是个误会。证据之一就是，我们有虫鸣会。

用作虫鸣会舞台的是都营庭园公园，平常叫作“白河庭园”。追溯起来，这里在江户时代是诸侯家的别墅，明治时代被某财界人士买下，第二次世界大战财阀解体之后被捐赠给东京都，便成了现在的庭园公园。白河庭园占地不小，在入口处付一百日元门票钱，穿过门，在里面漫步一周，也要花上将近一小时。

庭园整体的模样，自江户时代以来几乎没改变过。松树、银杏、茶花、杜鹃、枫树、樱花等花木众多，每当花季或枫红时节，整个庭园就好像穿上了鲜艳夺目的友禅和服。庭园中央有个很大的葫芦形池塘，里面有小岛、有浮石，也有拱桥，小岛上有凉亭，以前盖了附书院的高级宅邸之处，现在盖了石瓦屋顶的日式会堂，可以用来集会、举办宴会、结婚喜宴，等等。

虫鸣会在每年九月的最后一个星期六和星期日晚上六点到九点举行，平常这个庭园只营业到五点，这段时间会特别开放到晚上。小径步道到处都挂起纸做的灯笼，大家可以在夜色中倾听虫子恋慕灯火所发出的鸣声。会中严禁抓虫或在园内吵闹，总之是一个极尽风雅的夜晚。

总数超过五十盏的灯笼，全都是我们区里的热心人士亲手制作的。文化中心的短歌、俳句、水墨画、撕纸画等艺文教室的学生们使出浑身解数，在灯笼上争奇斗艳。灯笼上的短歌和俳句有的是自己的作品，有的是古人的名作，但据说遗憾的是，对于不熟悉草书的民众而言，大部分都是很难理解。

之所以会说“据说”，是因为我从来没去过，这个秋天是第一次。

对我们这一家在暑假牵连进的那场大骚动（详见《这一夜，谁能安睡》）有所了解的人，自然都知道我和岛崎绝不是醉心俳句、短歌或朦胧灯笼烛光的少年。我们不是那块料，这一点我们自己比谁都清楚。

这次会突然一时兴起，原因如下：

我呢，不是为了别的，全都是为了工藤同学。星期五午休，教室正巧没有别人，阳光终于有了点秋天的味道，我抢到窗口晒得到太阳的位子和她聊天时，谈到了这个话题。其实是她跟我说“星期六晚上我要去虫鸣会哦”，让我也起了去看看的念头。

那么，我是不是和她一起去？问这个很伤敛。我当然很想啊——就算是跟一票人去也好，但当我问起：

“哦，你要跟谁一起去啊？”

她回答：“家人。”

哦，这样啊。我也只能这样回答啊！不过，我并没有这样就算了。

“你说的虫鸣会，是白河庭园的那个吧？”

“嗯。”

“好玩吗？”

“漂亮极了。”

“你每年都去啊？”

“对呀。我住在立川的外公外婆，还会特地为了虫鸣会来我家过夜呢！”

“你们家好有气质哦。”

“才没那回事呢。”工藤同学微微一笑，“因为我妈是短歌同好会的成员，每年都会做灯笼。我妈很喜欢这一类的活动，我就还好。有些短歌我也不懂，只是因为灯笼很漂亮才去看看的。”

“我家啊，短歌就只知道‘光阴似箭、岁月如梭’而已。”

工藤同学笑了出来：“你又来了。”

正好这时其他女同学回来了，其中一个跟工藤同学很好的开口问她：

“小久，明天你要穿浴衣去吗？”

小久——工藤同学转过头去。

“会冷哦！”

“里面穿T恤，把浴衣穿在外面呀。”

“那样好像去洗温泉。”

“很怪吗？不行吗？”小久的朋友歪着头问，“说到这儿，虫鸣会为什么不在盛夏办啊？要是八月的话，穿浴衣就没问题了。”

小久笑眯眯地说：“这就跟想坐在暖桌边，边吃橘子边看巨人阪神战一样。”

我跟着一起哈哈大笑，心里想着，工藤同学是不是喜欢棒球啊？她是哪一队的球迷？要是我能问到这些，再多多努力，是不是有一天，我也能够叫她“小久”呢……

“绪方同学也去嘛。真的很漂亮。你可以约岛崎同学呀！”

工藤同学的这句话有如致命的一击。这时候，上课钟声响了。

岛崎起疑了。

“你自己有没有发现？”

“发现什么？”

“就像野口冰果店的花式布丁底下藏着海绵蛋糕一样，你每次约我的时候，背地里经常有一些不可告人的动机。”

“我可是很喜欢海绵蛋糕的。”

岛崎对于花式布丁底下铺着泡过鲜奶油的海绵蛋糕深恶痛绝，他强力主张没有全部都是布丁就是偷工减料。

“你喜不喜欢不重要。问题是，我今明两天都很忙。”

我是在放学后岛崎要到将棋社教室的路上叫住他的，所以他腋下正夹着资料夹。那是以过去著名棋局和棋谱为基础做成的参考书，他和将棋社的武斗派社长（也是柔道社社员）两个人辛苦收集制作的超级资料。

一听说我们的将棋迷校长想要那份资料，我就不禁对这个社会产生怀疑。说起来，岛崎跟我们校长私下比过五次，五次都是岛崎赢。就一个为人师表的人来说，我很怀疑他的面子还挂不挂得住。

“你忙，反正也只是忙将棋吧？”

“只是？”岛崎叹气说，“天底下还有比这更深奥的东西吗？”

“要比赛？”

“麻烦你说对局好不好？对局！”

岛崎推了推他的镜框，故意夸张地叹了一口气。

“你说的那个什么虫鸣会，不是可以大吵大闹的地方吧？”

“当然，那可是风雅的活动。”

“那你就自己去啊。这类活动就应该一个人去好好体会才对。”

“可是……”

“你自己一个人去，工藤同学的家人也会认为，哇，这个少年竟然一个人来听虫鸣，多么有诗意啊！女儿真是交到良朋益友了。”

我用力盯着岛崎，敌人笑也不笑。

“你这家伙，真的很讨人厌。”

“谁叫我是会走路的测谎仪呢。”

我对着岛崎离去的背影扮了个鬼脸，结果岛崎突然转身，我的舌头就这样停在半空中。

“有机会的话，你去告诉工藤同学，说她在找的那篇小说《寂寞的家》，就是狄更斯的《荒凉山庄》。”

我把舌头缩回来：“她的事你怎么这么清楚？”

“因为我在图书馆里遇见过她。”

岛崎又开始往前走，然后转过头丢下一句：

“她很喜欢将棋哦。”

我却讨厌毙了。

2

因为这样，虫鸣会就变成我一个人去了。一直到出门之前，我还不死心地打电话给岛崎，但他不在家。他妈妈是这样说的：

“他说什么‘相矢仓[1]’这样又那样的，念念有词地出门去了，说是要去将棋社社长家。”

挂掉电话，我换上衬衫，穿上牛仔裤，顺顺我的头发，在镜子前花了不少时间之后，想着要是遇见工藤同学的话，该怎么跟她打招呼。

我觉得自己很不中用，令人生气的是，理由我也想不通，但我似乎一没跟岛崎在一起，就觉得哪里不对劲，就像搞笑双人组要是各自分开，便好笑不起来一样。

但我要是把这件事说出来，岛崎一定会觉得我很烦吧。因为我觉得他不管是自己一个人，还是跟我在一起，他发表的评论内容都不会

1　相矢仓：日本将棋的步法之一。

有什么改变，脑袋一样灵光。

但我就不行，而且对这件事还稍稍感到焦虑。想想看嘛，要是以后我运气好，真的可以叫工藤同学“小久”的话，总不能每次都找岛崎来陪我，然后解释说：

“不好意思，我不跟他在一起就不好笑。”

可是，在工藤同学对我有意思之前，无论如何我都希望岛崎能帮我。就算不能治本，还是会想来针强心剂。我想，工藤同学纯粹是因为我和岛崎很好，才会建议我可以“约岛崎同学”的。一定是因为我们两个在一起时最讨喜，她才会这么说的。

我心里闪过一个不祥的念头。

“附属品”——这个词刺了心脏一下。

汉堡排里的荷包蛋是配菜。汉堡排本身就很好吃，荷包蛋独立出来也是一道菜，只是两者组合起来变得更豪华了。如果是这样就没关系，我可以当汉堡排，也可以当荷包蛋。

可是，一想到自己可能是旁边的荷兰芹，就有点讨厌。非常讨厌。

我心里一直转着这些念头，所以在镜子前待了很久还是离不开，后来好不容易走出房间，是因为我听到讲话很快的主播说“大家晚安”，电视开始播六点的《晚间新闻》了。白河庭园那么大，人又多，要是去得太晚，混在人群里，可能就遇不到工藤同学了。

我走到餐厅，妈正在准备晚餐，手里拿着菜刀就直接转过来对我说：

“晚饭真的要回来再吃吗？”

“嗯。要是我饿得受不了，会随便买个汉堡吃。”

“别老是吃那种东西填肚子。”

爸一早出去还没回来，一定是陪客人去打小白球。我运气真不错。因为我家老爸蛮难捉摸的，平常几乎都不管我，有时候又会突然找我出去玩。

“虫鸣会？蛮有意思的嘛！我也一起去吧！”要是他讲出这种话，就不好玩了。

遇到女朋友跟家人在一起是无所谓，要是我也跟家人在一起，就太没面子了。那不就显得我离不开父母吗?

关于这一点，妈有绝对的安全保证。就算世界末日到了，她也不会去虫鸣会的。

她讨厌虫，非常怕虫，甚至字里有“虫”都不行，毫无例外。她连蝴蝶图案的手帕都讨厌，就算虫鸣声再风雅，再有格调，她都不可能对赏秋虫感兴趣。就连在家里，有时晚上我或爸听到窗外有铃声般的微弱虫鸣，说：“啊，秋天到了呢，铃虫在叫了。”

妈就会警告说：“不可以开纱窗哦！要是跑进家里就糟了。”

妈就是这么讨厌虫子。

我想，她把我养这么大，一定吃了不少苦头。听说我小时候有个毛病，就是会把蚂蚁装在短裤口袋里带回家。或许妈是为了这一点，才决定只生一个小孩。她怕要是第二胎又是男孩，又有个把毛毛虫放进口袋里带回家的怪癖，她一定会发疯。

“小男，妈要拜托你一件事。”

我正要出门时，妈手里握着大汤勺对我说，

“如果有人在那边卖秋天的虫子的话……”

“知道，知道，我不会买的。”

妈这辈子最惨的旅行就是蜜月旅行。原因只有一个，就是他们住的那家温泉旅馆为了服务房客，晚上熄了灯之后，会在每位房客的蚊帐里放一只萤火虫供客人欣赏。让曾经蒙受这种悲惨遭遇的妈放心之后，我就跳上了自行车。

人潮比想象中的还多。

白河庭园的构造是这样的。首先得穿过两扇门扉对开的正门，进入铺满碎石的前庭，进到里面还有一道一次只能容一个人通过的木门，钻过去之后，才能踏进庭园。因为这里原本是私人府邸，设计上并不能让五人、十人同时快速通过。

所以，庭园的前庭里，等着通过木门入园的客人三三两两地聚在一起。那里开着照明灯，一点秋夜风情都没有。有的好像是一群人约在这里会合，人多嘈杂又难走，要是再加上地摊，简直就跟夏天晚上的庙会没什么两样。

我很快地扫了一圈，没看到认识的面孔。工藤同学一家人不知道是先进去了，还是还没到呢?

看了看手表——我动用存款买的 Swatch，六点十五分。以正常的方式思考，后者的胜算比较大。在这种情况下，只要在这里等，一定会遇得到。说起来不太好听，我打算就在这里“堵”她。

但是，爱好风雅的工藤一家人，说不定为了避开人群早就到了，可能已经在庭园里散步。这样的话，等他们从这里出来，就是准备回家了。那种情况下，就会变成：“咦？绪方同学现在才来啊！赶快进去看吧。很漂亮哦，拜拜！”

这也未免太蠢了。

嗯嗯嗯——正当我难以抉择的时候，突然被人从后面撞了一下。

“哎哟，还真巧啊！”

回头一看，啊啊，老天爷真是无情啊！我们足球社的两位经理大姐，脸上不约而同地挂着别有含义的笑容。

“原来你对这类活动有兴趣呀！”

“还挺浪漫的嘛！”

两位经理大姐都是二年级的，是伟大的学姐。

“呃，那个，我是第一次来。”

“怎么会想到要来？”

“啊，我知道了。一定是来约会的吧？”

“不然，我们足球社的臭男生怎么可能会想到来听虫鸣呀！”

面对两个自顾自说得很高兴的大姐，我连头都不敢抬。

“没有啊，我是跟岛崎一起。”

“哦，那个将棋社的？”

“他还蛮可爱的。”

没错，连在伟大的学姐面前，岛崎都吃得开。

“你们约在这里？”

“是的。”

“那我们陪你等，待会儿一起进去看吧！”

这可不是提议，而是强制执行。

我被迫面临困难的抉择。是要任凭学姐摆布，还是找个借口逃走？或是等到工藤同学和家人来了，叫声“啊，绪方同学”，让我不由自主地面红耳赤，被这两位经理大姐什么都看在眼里，惊讶地“哦”一声，接下来整个星期的社团活动，捡球、练球时都得忍受她俩不怀好意的笑容，以及“我们都看到了哦，单恋真痛苦呀”的表情，真是令人痛苦的选择。

但是……

虽然我认为这是一个教训，但人类并没办法照自己的选择决定要走的路。是“事情”选择了时间、地点，找到我们头上来。

蓦地，比较远的地方响起了沙哑的喊叫声，叫声越来越近。聚在前庭的人一开始只是竖起耳朵听，但是随着叫声靠近，所有的人都把面孔、头、身体转向叫声传来的方向。

“不得了了！——”

叫声是这样喊的。一个穿着工作服的工作人员从木门旁的售票口冲出来，一只手拿着手电筒，嘴里说声“不好意思，借过、借过”，跑进庭园。入口处没有挂灯笼，树丛看起来像是黑影。工作人员的影子立刻就被那些树丛和庭园的黑暗吞没了。

传到我们耳里的叫声不够清晰，听起来好像在重复说些莫名其妙的话。

啊，停了。一定是工作人员赶到喊叫的人那里了。

可是，正好在这时候，有人从刚才工作人员消失的树丛那里跑出来。有五六个人，感觉像是中年的叔叔阿姨们。每个人脚步都很匆促——应该说，几乎是用跑的。他们的脸，就像逆着风全力冲刺的赛跑选手一样，绷得紧紧的。察觉到这一点，我心里突然涌出一股不安。

“发生了什么事？”

在外等待的人问道，是男人的声音。回答的人是男是女我不记得，我的注意力全集中在说话的内容上。

“有个女孩子倒在地上。”

“好像死了。”

前庭的人们一阵骚动。

“看起来才初中而已。真可怜……快叫救护车啊！真可怜……”

我的脑袋刹那间变成干冰，无法承受它本身的冰冷，完全粉碎。

我只想到一件事。

会是工藤同学吗？

3

我冲进白河庭园，根本搞不清方向，只顾沿着“参观路线”的指示跑。一边跑着，脑海里一边不断闪过工藤同学开朗的笑容。

心里老想着不好的事，不好的事就会发生，因此尽可能不要负面思考——妈常这么说。可是，那时不知道为什么，我一直没办法抛开“昏倒的一定是工藤同学，绝对是她不会错”的想法。事后想起来，可能是因为如果不这样对最糟糕的状况做好心理准备，到了万一真的必须面对事实的那一刻，理性会蒸发得不知去向，所以我才在心里某处类似指挥中心的地方发出这种紧急号令。

白河庭园内部，基本上是由中央的大池塘，以及环绕在池塘边的步道构成的，因此不管那个女生倒在哪里，只要沿着步道跑过去，照理说一定可以到达她所在的地点。可是，这实在不是一件容易的事。庭园里挤满了人，而且出事的消息像被风传开似的，所有人都知道了。想往出口逃的人群，以及想朝出事现场挤的人群，不时地在仅一个车道宽的步道上推挤、摩擦，就像洗衣机里搅成一团的长袖衬衫和丝袜。

“对不起，借过一下！”

即使我扯破嗓子这么喊，依然没有半点用。这也就算了，还被穿着西装外套的中年叔叔粗鲁地推开。

“小孩子到外面去！”

这下我也火了，想也不想就吼回去：

“她是我朋友啊！”

刹那间，周围一下子全部静了下来。推了我一把的中年叔叔僵着脸靠近我，问道：

“小弟弟，你说的是真的吗？”

“是真的。”

气势真是可怕的东西，这时我已经深信那个倒在地上、看来似乎已经死去的女生就是工藤同学了。

“很好，你过来这边。”

叔叔抓住我的手臂，拉着我向前走。可能是慑于他的魄力，周围的人都闪身让出路来。那时候，我才第一次注意到步道旁装饰着各式各样的灯笼，在那之前我对任何东西都视而不见。

当时看到的灯笼灯火和色彩，我想等我长大后也不会忘记，非常非常美。虽然老套，但是那光辉真的美得令人不敢相信是人世间的景象，一点都没有不祥之感，只是绽放出美得无与伦比的光芒。

我被叔叔拖着，绕过步道一个大大的弯，走过浮石，过了一座原木搭起来的木桥，来到入口处标着“灯笼广场”的广场。

虽然叫作广场，其实大小大概只有东京都内小学校园的一半而已，整理得很漂亮的草坪外围点缀着落叶树和杜鹃花丛，左手边造了一个小小的菖蒲池。灯笼广场这个名称，当然只用在虫鸣会这时候，平常这里叫作“儿童广场”。这个地区的幼儿园学童远足时会带便当来这里，小学高年级美术课的户外写生也是来这里。因此，凡是本地的小孩至少都来过这里一次。只不过，这里是“禁止骑乘自行车、打球、宠物进入”的地方，大家平常也很少有机会来。

广场的入口，有个仿图腾柱的柱子架起来的拱门，穿过去之后，叔叔更用力地拉着我前进。草地上到处都有无数灯笼在闪烁，一时间，我觉得自己好像突然被缩小，混在萤火虫群里。

叔叔朝着广场另一边的树丛走去。我的心脏紧缩起来，心跳也扑通扑通地开始加快。出事的地点一定就在那边。

灯笼广场上还有很多人没走。这里是活动的主要会场，出事时——应该是说女孩子被发现的时候，应该是很热闹的。但现在那些人却聚在拱门边远远地观望，像是在评比暗暗的树木和闪烁的灯笼似的。他们仿佛都变成了树木，在晚风的吹拂下，枝叶沙沙作响，不时发出细碎的说话声。

为了凸显灯笼的效果，平常为了防范犯罪整晚打开的夜明灯，现在全部关掉了。故而，我们目的地所在的树木和树丛显得漆黑又暗沉，连庭园的灰色外墙都像被遮掩了起来。

不过，随着我们越来越靠近，可以看到前方的树丛后面，有两个白白的人影靠在一起。其中一个抬起头来看我和中年叔叔，另一个盯着脚边。不对，从我这个位置是看不到的，不过我想，他一定是在看位于树丛后面、他脚边的东西。

心脏真是不可思议的引擎，全速转动也不会过热。不但不会发热，还越来越冷，打出来的血都是冷的。

我们越来越靠近，到了可以看清站在树木当中那两个人的面孔时，中年叔叔突然停下脚步。我差点跌倒，不过也停了下来。

叔叔以严厉的眼光盯着我看：

“小弟弟，你还好吗？”

“我？我很好。”

“你听清楚了。”叔叔紧紧抓住我的肘关节，一个字一个字地用力说，“有个女孩子在那里被杀了，她的年纪跟小弟弟你差不多。只是，她应该是跟家人或朋友一起来的，身边却没看到这样的人，因此没有人知道她是谁。如果她真的是小弟弟的朋友，我们就可以知道她是谁了。所以，我们一定得让你看她的脸。你明白吗？”

我点点头：“我明白。”

“好，那你过来。”

叔叔又加快脚步，这次几乎是用跑的。我们和黑色树木间的距离，一下子缩短了。

带我来的中年叔叔在树丛前停下来，抓着我的手肘往前拉，说：

“这孩子说死者可能是他朋友，我就把他带来了。”

另外两位的年纪跟这位中年叔叔差不多，听了这句话，四只眼睛睁得大大的。不，更正一下，是六只，因为其中一位戴着眼镜。

“绕过树丛来这边。”

戴眼镜的叔叔对我招手。他一只手拿着手电筒，空的那只手搭在我的肩上，把我拉过去。

跟我猜想的一样，地上躺着看似尸体的东西。之所以说看似尸体，是因为那上面有一半被格纹西装外套盖住，另一半则被灰色西装外套盖住了。我这才知道为什么留在这里的两位叔叔人影看起来是白的，因为他们的外套已经脱掉盖在尸体上，身上只穿着衬衫。

盖住尸体的两件外套的袖子，各自别了一个颜色不太起眼的臂章。这时我才注意到，带我过来的中年叔叔袖子上也别了同样的臂章。

上面写着“白河一丁目町会”。

“我帮你打光，你来认一下人吧。”戴眼镜的叔叔说。

“不行，等警察来再认吧。”第三个叔叔插嘴说。他瞄了我一眼，“这对小孩子太残忍了。”

“可是，不快点认出是谁会更糟。园里闹哄哄的，入口那边已经快酿成骚动了。”

叔叔们的对话，从蹲下来的我头上掠过。

我什么都没想，就伸手抓住格纹西装外套的领口，慢慢地掀起来。

“喂！弟弟，你真的可以吗……”

当第三位叔叔的声音落在我耳边时，已经太迟了。我已经看到下面的东西了。

那是一双腿。规矩并拢的膝盖从红色迷你裙下摆露出来，脚上穿着一双鞋尖绣得很精致的鞋，也是红色的。

“那边是脚，头在另一边。”

戴眼镜的叔叔急忙说。

我蹲着移动位置，伸手拿起灰色西装。不过，让我喘不过气来的恐惧，突然变淡了。

我刚才看到的那双腿上，穿着丝袜，红色鞋子的鞋跟也有五厘米以上。我不知道叔叔们根据什么说她“年纪跟小弟弟你差不多”，或许现在的初中女生，穿便服时偏好这种打扮也说不定，但至少我所认识、所了解的工藤同学，是不会做这种打扮的，绝对不会。以前我曾经在车站前的购物中心遇到她和朋友去买CD，那时她身上穿的是牛仔短裤和帆布运动鞋，再加上连帽运动服，非常好看。

这个人不是工藤同学——一道放心的大波浪向我靠近。我没有恐惧颤抖，只是像个普通人一样，抱着战栗的心情，做好准备观看一个必定会带来冲击的东西。于是我一下子便把灰色西装外套掀开。

一个女孩子闭着眼睛仰躺着。刚才看到的红色迷你裙，原来是红色连身短洋装的一部分。立领的设计，有点旗袍的味道。

我为什么会看得这么仔细呢？

因为实在是太意外、太不协调了。

她的面孔像病恹恹的月亮一样苍白，只有嘴唇是红的，因为涂了口红。

有一股浓浓的铁锈味，是血的味道，从体内流出来的生命味道。

“小弟弟，怎么样？是你朋友吗？”

叔叔们看了这身打扮、这双鞋子、这脸化妆之后，还是判断这个女生跟我年纪相当的原因，我终于明白了。

那是一张稚嫩的脸，脸颊还像婴儿一样，而且那双眼睛如果睁开的话……睁开的话……

应该会露出一丁点儿斜视的可爱眼眸。

怎么可能？

但是，那就是工藤同学。

空气从我的心里漏出去，我的心扁了。我听得到漏气的声音。

“来了。”其中一个叔叔低声说。我这才注意到，耳边阵阵高亢刺耳的声音原来是警车的警笛声。

突然间，我连骨头都发冷了。

4

到警察那里去打扰，老实说不是第一次了。

只是上次我被带来的时候，是为了我跟妈被卷进去的那桩事件，还是以受害人的身份去的。但这次不同，这种情况下，我——应该叫相关人士吗？

被害人的朋友，还不如干脆当被害人好一点，我心里这么想。

带我上警车的巡警先生，好像是个才刚当上警察的年轻人，在前往警署的那段短短时间，他一边小心观察我身边那个刑警先生的脸色，一边非常亲切地照顾我。反过来说，也是我失常得需要别人这么照顾吧。事实上，我整个人都失神了。他们跟我说要联络爸妈，叫我告诉他们联络方式，但我却一时想不起自己家里的电话号码，越急越想不出来，结果还是陪我的那个刑警先生去查出来的。

不过，幸亏这样，否则更糟。

在警署的停车场下了车之后，陪我的刑警先生扶着我进到警署。那时候，他和出来接我们的刑警交换了很严峻的眼神。虽然是一瞬间的事，但我还是注意到了。虽然注意到，但我的心实在是碎得太厉害，因此没办法仔细思考他们眼神里的含义。要是我那时有能力胡思乱想，绝对会逃离现场，让整个情况更加恶化。

到了警署里，他们让我坐在刑警房间角落一组很难看的待客椅上等了很久。我想，可能是家长还没到，不能对我加以问询吧。他们也叫我先冷静下来再说。

只不过，他们也没有把我丢着不管，随时都有视线落在缩着脖子坐在一旁的我身上。说白一点，我是处于被监视的状态，不过那时我还以为他们是怕我神经不正常发疯。

我怎么会这么天真啊！一想起当时的情况就冒冷汗。

当我发现情况并不是我想的那样——至少不光只有善意时，是在我被带进警署里约二十分钟，脸色跟死去的工藤同学一样发青的妈，跌跌撞撞地冲进刑警办公室的时候。

“雅男！”妈只叫了我一声，喉咙就像哽住般说不出话。

“妈。”我也回了一句。之后，不知道为什么就涌起了一阵神经质的笑意（显然我已经处在危险边缘了）。

“我又跟警察扯上关系了，这次是我的朋友被杀了。”我傻笑着说。

“这有什么好笑的！”妈厉声说。

“我没笑啊。”

“你明明在笑。雅男，振作一点！”

在妈用力地摇晃之下，我总算回过神。妈的眼神很尖锐，眼睛睁得好大，像要把我破碎的心的碎片，一片不落地捡回来似的。她的眼白里充满了血丝。

“雅男，他们怀疑凶手是你。”

这句话，仿佛是让我恢复神志的咒语，却又恶毒地把我刚恢复的神志瞬间连根斩除。

“哈哈哈。”我发出声音。

“现在不是笑的时候！雅男，你怎么知道那是你朋友工藤同学？你们不是约好才去的吗？你说呀，到底是怎么回事？”

原来他们叫我在这里等的时候，就是在跟妈讲这些啊。

我嘴巴张得大大的，看着妈。我可以看到，妈才刚把我的心的碎片捡起来，碎片却碎裂成更小片，从妈的指缝间掉落。

“你别乱讲话……”

话还没说完，我就啪的一下倒下去了。我自己听到啪的声响，所以绝对错不了。

到了十三岁，我第一次知道什么叫昏倒。

我醒来时，是在某间病房里。还没看到雪白的病床，光是闻到消毒水味，我就知道那是什么地方了。

然后我又发现，上方有个好大的人影俯看着我。

我没有马上认出那是谁，只是在还没有完全恢复的意识中迷糊地想着：这个大叔长得好丑啊。

但这个丑丑的大叔一开口，我的记忆立刻就回来了。

“你还真会替我们找麻烦。”

那低沉沙哑的声音，还有带着烟味的气息。

“村田警部！”

我叫着想爬起来，不过高壮的警部先生把我按回床上，并且加以更正。

“是田村警部。”

之前我也提过，暑假时我跟妈曾被卷入一起不寻常的事件，他就是当时指挥现场办案的警部先生，也是警视厅特殊犯罪侦查小组的组长。叫警部听起来很可怕，不过叫组长就像营养午餐负责打饭的人，听起来很令人安心。

“幸好还是警部。”脚边传来另一个声音，是岛崎。他的眼镜还是擦得很亮，一张小脸就在警部先生的大脸旁边。

暑假发生那件事的时候，岛崎跟这位警部先生并没有直接碰面。所以，说实在的，我应该对这样的组合感到意外才对，但我现在没那种力气。

“‘幸好’是什么意思？”警部先生问。

“绪方家的案子最后还是没解决吧？”岛崎说。

“那次的确是我们输了。”

“所以，幸好没被贬职啊。”

田村警部豪爽地笑了：“原来如此。”

然后他凶巴巴地睁大眼睛说：“但是，同学，也有可能很幸运地不再是警部啊！”

“你是指晋升吗？”

“当然。”

“那是不可能的，”岛崎说，“就算没有那件案子，依目前警察的体制，警部很难再升上去，就算成绩和能力再好都一样。”

哈哈哈！警部先生大声笑了：“同学，你还真清楚哇！原来如此，因为我没有国家一级公务员的资格嘛。”

“我就说吧。”

“你怎么会知道这些？”

“发生绪方同学那件事的时候，周刊报道过。而关于警方的组织，最近有些不错的警察小说，初中生也看得懂的。”

“真有你的。绪方，这个同学真的是你朋友吗？”

“是啊。”虽然有时我也很想装作不认识。

“请多指教。”岛崎泰然自若地向警部先生行了一个礼，转过来对我说，“我是得到伯母的许可，赶来这里代替她的。”

“代替我妈？”

“嗯，伯母贫血了。”

“你妈每次遇到我就昏倒。”

警部先生抓了抓他硕大的脑袋，一副头皮屑会乱飞的模样，我赶紧把头缩回来。结果，警部先生把他的大手伸过来，一把扯掉我的毛毯。

“好了，绪方雅男，我问你。”

“是。”

“你是凶手吗？”

看我又开始不知所措，警部先生放松了他那张可怕的脸，露出笑容：

“别担心，没有人这么想。”

“这里的刑警先生就这么想。”

“因为他们管区的不良少年集团让他们很头痛，所以这次的案子，他们也立刻联想到那里去了。不过，一知道你在学校的情形，马上就解除对你的怀疑了。你放心吧！”

我呼地喘了一口气。喘完气，悲伤突然就从喉咙深处升起。当我专注于自己的事情时，对这份悲伤毫无感觉，这让我觉得自己很无情，使得呜咽里带着自我厌恶的味道。

警部先生和岛崎一起看着我，好像两块烤过以后在同样地方裂开的日式年糕，一块大的，一块小的。

“真可怜，”警部先生说，“失去朋友是一件令人难过的事，而且又是这种情况。”

“别怪自己。”说这句话的是岛崎，“不要想什么如果我和她一起去就不会发生那种事，或者如果我有勇气约她去虫鸣会就好了，别想这些。”

“可是，我就是会想啊！”

“你要努力不那样想，那是不对的。”

我又哭了一会儿。警部先生和岛崎都任由我哭。

后来，我拿岛崎递给我的手帕擦干眼泪，用警部先生给我的面纸擤了鼻子，虽然只是暂时的，但是至少我的情绪稍微平静了一点。

警部先生给我的面纸是电话交友俱乐部的宣传品，上面有女高中生的插图，画得很差劲，还有点色色的。图案是个穿着水手服的女孩眨着眼说：“让我们好好陪你哟。”

可能是我看到之后表情怪怪的，警部先生连忙把面纸收起来，说：“这是从防范课拿来的，是收押证据的一部分。这种东西其实只要一个就够用了，但总不能真的只没收一个吧。总共有两大箱。”

岛崎伸长脖子看了一下面纸，问：“违反善良风俗？”

“错！”警部先生非常开心地指正，“很可惜。原来你也有不知道的事啊，是违反《儿童福利法》。这些该死的家伙，竟然让未成年的青少年在这种色情场所工作！”

警部先生的心情我很能理解，但一个当到警部的人，实在不应该那么认真地和岛崎计较。

“请问……”

“什么事？”

“工藤同学的案子，是由警部先生负责吗？”

听到我的问题，警部先生隔了一会儿才回答，这对他来说是很少见的。

“我想，应该是吧。”

他的口气非常谨慎。

“现在还不确定。我是今晚听到你的名字出现在这件案子里，才赶过来的。”

“谢谢警部先生。”

“不用道谢，这是我分内的工作。再说，我们很有缘。”

就是啊。这也是令人稍微安心而高兴的事，几乎可以成为我心情的支柱。既然有警部先生出面调查，就一定没问题，一定可以逮到凶手。而且，要是调查有什么进展，他也一定会告诉我。

所以，我定了定神，问道：“工藤同学为什么被杀？”

警部先生皱起粗粗的眉毛：“这个还不知道。”

“现在才要开始调查。”岛崎也加上一句。

“我不是这个意思。不是动机，是那个……那个……”

岛崎代替语汇很少的我问：“你是要问死因吗？”

“……嗯。”

警部先生的脸还是一样不明朗：“你想知道？”

"想。"

"不必现在问，新闻和报纸也会报道啊。"

"我不希望那样。那样我一定会受到很大的打击，会很难过。我希望由认识的人来告诉我。不能说吗？"

警部先生扭动放在膝头的大手，犹豫着。看他那个样子，让我越来越不安。工藤同学的死法有那么惨，让警部先生那么犹豫吗？

岛崎的心情可能也跟我一样，他说：

"警部先生，你不告诉我们，我们会往坏的方面想。"

警部先生的口吻听起来很像借口："这我知道，我是在想该怎么说。"

"……有那么惨吗？"

"不是不是，不是那样的。"警部先生挥了挥他的大手，"我说我在想该怎么说，是因为我觉得我要讲的实在太普通，听起来可能像是骗人。"

"这你不用担心。"岛崎说，"绪方知道警部先生不是那种会耍小把戏的人，对不对？"

警部先生低低地"嗯"了一声："好，我就坦白说吧。她应该没有感觉到痛苦吧，虽然解剖还没结束，不过在验尸的阶段，就已经可以确定这一点了。她大概只是吓了一跳而已，觉得有点冰冰凉凉的，就这样而已。我发誓，真的！"

有点冰冰凉凉的？

"脖子后面有个叫脑户穴的地方，你们知道吗？"警部先生边说，边伸出自己的手指着大头的后脑勺给我们看，"就刺在这里，用的是锥子类的利器。几乎没有流血，伤口就只有那一处。大概只是一瞬间的事吧。”

岛崎点着头，表示非常赞成警部先生的话。

“我们头上有好几个致命的地方。我爸有朋友是针灸医生，他说有一些穴道是禁穴，绝对不能用针去刺，脑户穴就是其中之一。”

警部先生一脸狐疑地看着我。我说：“岛崎家是开理发店的。”

“原来如此。”警部先生摸摸自己的头，说，“好久没上理发店了。”

说到这儿，警部先生的头发很稀疏。

可能是被我们盯着头看，感觉不自在吧，警部先生咳了几声。

“总之，现在已厘清的就只有这一点而已，还有很多事必须调查。不久，我们的人也会去你们班上。难过是一定的，不过你们要好好帮忙。”

为了查出杀害工藤同学的凶手，必须先查清楚工藤同学周边的事。可能我的表情想到这里时变得很晦暗吧，警部先生轻轻把手放在我肩上，低声说：

“她是个好女孩吧？”

“是个非常好的女孩。”

我的喉咙深处，又出现了咸咸的感觉。

“所以我不明白，也不敢相信。况且，为什么工藤同学会一个人去虫鸣会呢？她明明说要跟家人一起去的。而且打扮得……一点都不像她平常的样子。”

“她不是那种会刻意打扮得比较成熟的女孩子？”

“绝对不是。她不是那种人。”

警部先生看着岛崎，岛崎也抬头看着警部先生。然后，一起轻轻地摇头。

“总之，今天晚上你可以在这里过夜，要是睡不着，医生会开药给你。这里虽然是警察医院，但是也没什么好怕的。你妈妈现在大概也吃了药睡了。”

我向警部先生道谢，目送他离开。岛崎回绝了警部先生送他回家的提议，留在病房里。

“不然，我也在这里过夜好了。”

“谢谢。不过，不用担心我啦。”

到底是不是真的不用担心，连我自己都不知道。可是，在找出杀害工藤同学的凶手之前，我一定要保持理智，一定要。

“她怎么会遇到那种事呢？为什么会穿着那种衣服，还化了妆呢？”

对于我随口提出的疑问，岛崎静静地安抚我似的回答：

“总有一天一定会明白，也会水落石出的，但那都不是现在，你现在先睡吧。”

嗯，我点点头，闭上眼睛。不过，就在我闭上眼睛之前，岛崎脸色突然沉了下来，耳边还听到他自言自语地小声说：“真有种不好的预感哪……”

5

药的威力真厉害，那天晚上我睡着了。

第二天早上醒来，我发现自己在病房里，这个发现就像多米诺骨牌一样，把一连串的记忆都唤醒了。发生了那种事，我竟然还睡得着！面对这个事实，我觉得好像被狠狠甩了两巴掌。

要是岛崎在我旁边，一定会说一大堆理论让我安心，像人类的生理机能本来就是这样，对这种事产生罪恶感就太没常识了什么的。可是很不巧，我连他的影子都没看到，大概是看我睡着后就回家去了。

因此，落单的我，一早起来又哭了一会儿。啊啊，真是个平静的早晨，昨晚发生的事一定是场噩梦——这种自我安慰的想法一丁点儿都没出现。放在枕边的 Swatch 表指着七点，明亮的阳光透过白色窗帘照进来，预告着今天又是秋高气爽的一天。但是这些，都没有给我带来任何安慰。

偏偏，眼泪只流出了一点点。我明明想尽情大哭的，却哭不出来。我想硬逼自己哭，把心里的郁闷逼出来，让自己舒服一点，却反而让自己喘不过气。

我要先声明，这可不是我是男生就怎样的问题。我并没有下意识地认为男生不能一直哭哭啼啼，叫自己不要哭。

我想，我心中的泵一定是破了一个洞，虽然想把眼泪吸出来，却只能不停地空转。就是这种感觉。人在真正伤心的时候，可能反而会这样吧。

真正的悲伤，是心中的泵嗞嗞空转的声响。旁人看不出来，也听不见。

虽然心情并没有平静下来，可是静静躺了一段时间，就觉得好像有力气可以撑过今天一天了。没错，就是要这样想才对！加油！我这样鼓励自己，按下了护士铃。一直窝在这里也不是办法。

来看我的护士是个还很年轻的大姐姐，确认我的体温、脉搏、血压三组数值都在正常的范围后，她便对我说，医院的早餐或许不怎么好吃，不过要全部吃掉。

“吃完后医生就会来看你，如果没问题，你就可以回家了。”

她笑了笑，加了一句，

“跟你妈妈一起。”

“不好意思，给你们添麻烦了。”

看我低头道谢，护士哈哈地笑了。

“你真是个小大人。”

我得到医生的许可，穿好衣服时，妈来了。妈虽然打扮得很整齐，但才一个晚上，就显得有点憔悴。

“一看到那个警部先生的脸，之前受的惊吓、打击全都回来了。”

妈的表情有点不好意思。

“难免的啦。”

“你还好吧？”

“不怎么好。”

妈用力点头，动作就像十几岁的小女生。

“回家吧，今天在家里好好休息。”

妈只说了这一句，就再没说什么了。没有安慰的话，也没有叫我打起精神。我觉得妈真是善解人意。

回家一看，爸不在家，家里静悄悄的。我和妈突然住院，一定也让爸手忙脚乱吧。爸很难得地留了一张字条，上面写着：“我有事推不掉，要出门一趟。中午会打电话回家。”我不知道已经有多少年没看过爸的字了，便一直盯着字条看。

妈把关得紧紧的窗户打开，拉开窗帘。我说了声“我回房间了”，就直接进了自己的房间，关上门，一屁股坐在椅子上，把头靠在桌子上。

外面传来妈来回走动的声音。在茶壶里加水，打开瓦斯炉，垃圾箱开了又关，打开水龙头洗了东西。然后……

终于去拿早报了。

我一动不动地等着。事情是昨晚午夜前发生的，今天早上的报纸应该刊登出来了吧。就算被害人未成年，名字也会见报吧？我已经做好看这些报道的准备了吗？我能够去确认工藤同学的名字了吗？

虽然很鸵鸟，但我心里真的有种想法，认为只要没有白纸黑字地印在报纸上，她就还不一定真的死了。真奇怪。我明明就当场看到了，明明有比报纸、电视实在太多的亲身经历，却仍害怕去确认那些消息。

每天早上这时候妈都会把电视打开，今天妈却没有这么做。家里还是静悄悄的，只有车辆偶尔经过外面马路的声音而已。

如果把电视打开，不管想不想，都会看到耸人的八卦新闻节目。妈一定是为了避免这种情况，才没打开电视的。真是善解人意。

可是，报纸还是会看的吧。妈现在一定在看那件事的报道，看得很仔细——然后，不时把视线转向我的房间，一定的。

正当我这么想的时候，突然听到很大的声音。

“啊啊？！”

是妈的声音。换句话说，妈一边看报纸，一边发出了惊叫。脑子里正在为各种想象做准备的我，也被她吓了一大跳。刚才那是怎么回事？

“雅男！哪！小男！”

接着是叫我的声音。我这阵子经常很严肃地要妈别再叫我小男，但这时我没心情在意那种小事。我马上从椅子上跳下来，大声回说：“干吗？”

“你来一下！快点！”

我照妈的吩咐正准备出房间，身后的电话响了。我不是有钱人家的少爷，没办法在自己房间另外牵一条专线，所以响的是家里的子机，总之，电话就在我后面响着，然后我就反射性地转身去接电话。铃声应该只响了一声半。

“喂，绪方家，你好！”

在我朝听筒讲这句话的短短几秒钟，我心里就闪过：是岛崎吗？是老师吗？是准备采访的媒体吗？是班上哪个同学吗？四个“吗”，连媒体都被我考虑在内，看起来好像很老练，都是因为我有过前面提了好几次、暑假那次要命经验的关系。人只要经历得够多，都会变坚强的。至于这是好事还是坏事，就另当别论。

“是绪方同学吗？”电话另一端的人说。是女人的声音。

订正，是女孩的声音。

“是绪方同学吗？”女孩又问了一次，“喂？”

人的声音在电话里听起来会有所不同，但不会不同到认不出来，也不会变成另一个人。

即使那声音以前不曾透过电话听过，也不至于认不出来。

“绪方同学？喂？你在听吗？”

女孩在问我。我的心脏突然变成独立的生物，看来它是决心成为新体操选手，开始以惊人的高度跳来跳去，把动脉扔得高高的再接住，劈腿跳跃……

这种事当然不可能发生，但我胸口激动的程度让我有这种感觉。

绪方同学。那是我熟悉的声音。

“你还好吗？你听得出我是谁吗？”

女孩的声音温柔地响起。

“我是工藤，工藤久实子。”

我的脑袋里，有个东西突然断掉了。

我握着听筒，嘴巴张得大大的，盯着听筒看。妈从走廊上跑过来，砰的一声打开门。

“雅男，报纸！”

妈把抓在右手的报纸递给我。

“在白河庭园里被杀的女孩子，好像不是你朋友！”

我的嘴巴还是愣愣地张开，点了点头。

“……好像是。”

我手里的听筒传来岛崎的声音。

“喂！你没事吧？工藤同学知道情况后跑来我家。你可以过来吗？喂！你真的没事吗？”

6

岛崎理发店的正门挂着临时公休的牌子，岛崎的爸爸和妈妈都不在。

岛崎说了声“这里最安静”，便一屁股坐在客人坐的椅子上，靠着椅背。

然后工藤同学，也就是小久，坐在角落里的一个凳子上，把她的大眼睛睁得圆圆的，凝视着我。

从岛崎理发店没有一丝脏污的招牌大镜子中，可以看到我的两眼睁得几乎快掉下来，所有视线全集中在工藤同学身上。岛崎和我们保持相同的距离，视线平均分配给我们两人。只是——用难一点的字句形容，他望着我的眼神担心意味比较浓厚。说白一点，就是一脸怕我发神经的表情。

“简单地说，就是认错人了。”

岛崎双手挂在扶手上，悠哉地说。

“不过，那种状况下也难怪会认错。”

我什么都说不出来，发不出声音。

“对呀，真的，就算认错人也是难免的。”工藤同学接着说。

“……是吗？”

我勉强出声反问。工藤同学猛点头。

“因为在白河庭园里被杀的，是我表姐。”

“表姐……”

“嗯，她叫森田亚纪子。我想今天早上报纸也刊登出来了。”

妈递给我的报纸上，对，的确有这个名字。

“那是我妈的姐姐的小孩。我妈妈和她姐姐也就是我姨妈，长得很像，大家也从小都说我是亚纪子姐姐的翻版，我们真的长得很像。”

“亚纪子姐姐啊。”

好亲昵的叫法。我在脑袋里漠然地重复着这一点。

工藤同学还活着，被杀的不是她。随着这个事实渗透到我的脑子里，我迅速地找回了冷静。我自己也很清楚。我的眼皮不再抽动了，膝盖不再发抖了。

我想，一定是因为这样，我的脑袋才连这个都想到了——工藤同学虽然叫亚纪子姐姐叫得这么亲昵，但她昨天晚上才被别人杀死，工藤同学看起来却没有受到太大打击的样子。

我一把这个想法说出来，工藤同学的眼神就显得有一点点内疚，那时我真想把自己的舌头咬断。

“我们大概已经七年没见面了吧。”她自言自语似的小声说，“我们年龄差那么多，亚纪子姐姐今年二十岁了。小时候她经常跟我玩，可是大概从亚纪子姐姐上初中开始，我们就几乎没有来往。不只是姐姐，我们家跟森田家都没有来往了。”

“即使是亲戚之间，还是会有很多麻烦。”岛崎说，“工藤同学的姨妈，也就是森田一家人，听说是住在千叶市。”

“方向正好跟外公外婆家相反，这也是原因之一……”

“离娘家远就会这样。”岛崎说。

对啊对啊，工藤同学说过外公外婆会特地从立川过来参加白河庭园的虫鸣会的嘛。方向的确正好相反——想到这里，我想起一件重要的事。

“对啊，我会匆忙认错，是因为工藤同学说过星期六要跟家人去白河庭园。”

我不想让他们以为我是为自己的莽撞找借口，因此很快地把这句话讲完。

“昨天晚上怎么了？你们没去吗？还是跟你表姐亚纪子一起去了？”

工藤同学露出了有点疲倦的表情：“说到这个，真是一场大乱。”

昨天本来应该先到她家，再一起去虫鸣会的外公，突然身体不舒服。

“傍晚家里来了电话，说外公胸口不舒服。他心脏不好，曾经有一次被救护车送到医院，真的很危险。所以我们吓了一跳，一家人赶快赶过去。”

如果是心脏病发作，有可能一去不回，会慌也是当然的。

“我们很慌张，又担心家里安全，只匆忙跟邻居说明情况，拜托他们注意就出门去了，根本不知道后来闹出了我好像在白河庭园被杀的事。先是警察跑到我家，把邻居姨妈吓了一跳，警察查出外公家的电话，打电话过去，但我们全到医院急救去了，没找到人，直到警车开到医院，我们听到事情才大吃一惊。幸好外公的病情稳定下来了，大家全都惊呼：久实子人好好地在这里呀！”

工藤同学眨着眼睛，不是心情不好，而是真的吃了一惊的样子，让我更感到抱歉。

看到我惭愧的模样，这次换工藤同学安慰我。

“不过，其实也没那么夸张啦。”她连忙加上这句，“真正惊讶的是，听到遇害的是亚纪子姐姐的时候。”

“一定的吧。”岛崎也附和说，“你原先就知道亚纪子姐姐会到白河庭园去吗？”

工藤同学用力摇头：“完全不知道！我们根本没有约。而且，就像我刚才讲的，自从我们没有往来之后，亚纪子姐姐根本不会单独来我家玩。如果是姨妈的话还有可能。”

“如果是你姨妈，就会跟你妈妈约好再碰面吧？”

“嗯，对呀。虽然我们跟森田家没有往来，但是妈妈和姨妈的感情还是很好的。”

“姐妹都是这样。我妈也是，跟她妹妹感情很好。”

“真的？都是这样的。岛崎同学的姨妈也是开理发店的吗？”

“我姨妈啊，是开美容院的。半斤八两吧？”

工藤同学哈哈地笑了。全身机能荡到最低的，只有我一个。

自然而然地，我开始跟自己讲话。看来要是不解决这个疑问，我的心情是无法平复了。

“……为什么会弄错呢？”

我发出声音自问自答，他们两人不约而同地转过头。注意到我是很好，拜托不要不约而同好不好？

“因为我和亚纪子姐姐真的很像。”工藤同学安慰我说。

“要是看了以前的照片，连我的朋友都会认错呢。”

可是，工藤同学，那种说法表示我连你的朋友都不是啰？——我还是一个劲儿地钻牛角尖。

“听说身高不一样。”岛崎接话，“亚纪子小姐比工藤同学高十厘米左右。你看到亚纪子小姐时，她已经倒在地上了吧？这样就看不出来差十厘米了。”

原来如此，原来如此，多犀利的见解啊。工藤同学以佩服的眼光抬头看着岛崎。

我在心里说，对，因为倒在地上，才会没注意到身高的差异。而且眼睛是闭上的，就更看不出来了。如果她的眼睛是睁开的，我就绝对不会搞错。我啊，觉得你那双稍微有点斜视的眼睛非常可爱，所以是不可能看错的。

可是，就算把这些拿来当借口也无济于事。

“只不过，就算这样……”话没说完，岛崎就停下来了，好像表示再说也是多余的，轻轻耸耸肩，“反正，你就别懊恼了。”

“……她还化了妆。”我喃喃地说。与其说是喃喃自语，更像是自怨自艾。

“打扮也是，工藤同学绝对不会穿那种衣服的，但我还是弄错了。”

“因为你没看过我穿便服呀。”工藤同学打圆场。是吗？所以我们在街上相遇的那件事，你已经不记得了。

“她穿的衣服好像很花哨。”岛崎试探似的以慎重的口气说，“亚纪子姐姐是大学生？”

“不是的，”工藤同学摇头，似乎有点难以启齿，完全不在意岛崎也叫她“亚纪子姐姐”。

“她高中辍学……”

“哦。”

“因为家里情况有点复杂。”

“大多是这样吧。”

“是吗？一开始亚纪子姐姐还说要去读化妆美容学校之类的，最后到底怎样我也不知道。是有听说她在打工，我妈也蛮关心的。”

“自己的外甥女嘛。亚纪子小姐是独生女？”

“是老大，下面有一个弟弟。不过……”工藤同学顿了一下，声音变小了，“爸爸不一样。”

岛崎从向后倒的椅子上挺起上半身：“你姨妈再婚？”

“不是的。”

“这么说……”

“我姨妈本来是未婚妈妈。”

这年头，这不是什么惊人的新闻。家家都有自己的秘密，我家之前就有一个超大的。

“她一定不好受吧。”

工藤同学对一脸同情的岛崎点点头：“亚纪子姐姐户籍上的父亲是她亲生爸爸。”

“换句话说，是有认她啰？”

“这个嘛，好像是吧。我妈妈之前这么说过，还说那样亚纪子说不定更可怜。”

岛崎双手在胸前交叉，陷入沉思，工藤同学看着他，而我是个局外人。

岛崎理发店的大镜子里，照出了个性别扭、胆小无用、见识短浅的我。

（喂，你仔细想想，工藤同学还活着啊！之前完全是误会，她还活得好好的！你应该感到庆幸才对啊！）

我在内心大声斥责自己。

（可是你看看你，从刚才就只想着自己跟岛崎比显得多冒失、不知道工藤同学会怎么想、岛崎如果稍微识相一点就好了！）

但我还是会想，人就是这么现实。

（不然呢？你宁愿工藤同学死掉吗？）

对于内心的质问，我浑身哆嗦地摇头："绝对不是！"

"咦？"

工藤同学和岛崎又不约而同地看着我。我迎着他们的目光，露出丢脸的笑容。

"没事，我自言自语。"

然后，在面临退场的最后一刻，我总算把本来应该第一句说的话，也是我最想说的话说出来了：

"工藤同学，你没事真的太好了。"

"谢谢你。"她说。虽然她朝着我微微一笑，但之后很快把笑容分给了岛崎。

我反而伤得更重了。或许我太不知足，但那却是我的真心话。

就这样，白河庭园发生的命案稍稍离开我们身边，退居为"同班的工藤同学的表姐死了”这一事实。因为命案的部分，已经由警方和媒体等公众团体接受了。

话是这么说，这件事仍是我们町内的热门话题，不管是电视、周刊还是新闻，都热衷报道此事。看到熟悉的白河庭园和庭园附近的街景出现在电视上，有种既陌生又怪异的感觉。隔壁班两个男生被拍到在记者后面不客气地比V手势（其实根本是故意被拍的），后来自然也被不客气地训了一顿。还有很多批评杂志摄影师在附近町人却乱丢烟蒂，真没公德心；借个电话讲半天却连句谢谢都没有之类的抱怨。

我们后来还知道，命案第二天岛崎理发店没营业，是因为岛崎的爸爸和妈妈分别担任町会副会长和妇女组联络人等重要职务，绝不是因为爱看热闹。包含命案现场白河庭园所在的白河町会在内，通称“六町”的地区全部聚集，针对这起自深川马路杀人魔以来最骇人听闻的血腥命案，讨论是否应该整个地区联合起来，重新检讨防范犯罪的体制。

虫鸣会当然是自命案当晚就结束了，白河庭园也停止开放。这种状态会持续到什么时候，据说还是未知数。失去展示场地的大批灯笼，暂时被安置在区民中心的大厅，展出约一周的时间。

那一个星期，也举办了森田亚纪子的葬礼。

我犹豫很久，怕去了显得太多事，最后还是通过工藤同学获得同意，出席了葬礼。当然没有岛崎作陪，一个人去的。对我来说，这件事要一个人去才有意义。

工藤同学一家人很感谢我的心意。但是，在小小的灵堂——真的很小，而且鲜花也很少——之前低着头的森田一家人是怎么想的，直到最后我还是不知道。

森田家位于距离千叶车站步行五分钟的市区，是一幢有着灰色防火墙、富丽堂皇的三层楼建筑。大门的样式很优雅，会让人想起外国片里出现的豪宅，上面贴着“犬”的标志。结果出殡时，果真有一条毛色亮丽的哈士奇犬，由一个应该是亚纪子弟弟的高中生用皮绳牵着。

亚纪子的遗照露出了笑容，脸却朝向旁边，像是不想见到排在灵堂前低着头的遗族，也像是不想面对参加葬礼的人。因为就一个突然死去，并且死得那么惨的年轻女孩而言，参加葬礼的人实在太少了。

我觉得好冷好冷。原本以为是明明看到工藤同学就在附近，却因为身份、地点不能出声叫她，因而觉得寂寞，但又似乎不全是如此。

在这之前，我也曾经为某个人的死而感到悲伤。可是，这是我第一次觉得冷得彻骨。

我偷偷地观察参加丧礼的人，几乎没有跟亚纪子同年代的人。除了她父母亲那个年纪的人，其余的就是她弟弟那个年纪的少年。

森田亚纪子是个非常孤单的人。

复杂的家庭环境显然对她的人生造成阴影，她的母亲穿着丧服，神情憔悴。原来如此，真的长得一模一样（还有，工藤同学也长得跟她妈妈非常像。还没介绍我就认出来了）。看起来，真正伤心的只有她一个。说来可怜，但看来真的是如此。

整个葬礼当中，她的父亲，不，应该说是继父吧，始终一脸心不在焉，甚至偷偷打哈欠，出殡时看稿子致辞还念错好几次。我用心地在人群中寻找年纪相当于她生父的男性，却没有看到。还有，她弟弟好像是在人群里看到了朋友，趁和尚诵经的时候，虽小心低调却依然举起手对那人打了暗号。

再加上那条毛色漂亮得犹如标本的哈士奇犬。

这里真的是森田亚纪子的家吗？

正当我怔怔地想得出神时，有人从背后拍了我的肩膀。一回头，田村警部吓人的脸从丧服海中蹦了出来。

“你心肠真好，”警部先生说，“还特地来上香。”

“警部先生才是。”

警部先生的鼻翼微微抽动：“被害人的葬礼，我都尽可能出席。”

“为了坚定决心吗？”

“对。我会答应死者，一定要抓到凶手。”

可能因为警部先生的语气充满了不像他的感慨吧，我不经思考，就直接把脑子里想到的事说出来了：

“调查方面怎么样了？警部先生，有没有什么我帮得上忙的地方？有没有什么我可以做的？”

警部先生瞪大眼睛看着我，连我自己都被自己讲出来的话吓了一跳。我到底在说什么啊我。

可是，我是真心的。我真的很想帮忙。那时在我心里吹过的那阵寂寞的风，虽然未必只为了亚纪子一个人，但寂寞的风与她产生共鸣是事实。想为森田亚纪子做点事的心情是真的，苍天可鉴。

就因为这样，后来我才会招惹了一些难以置信的事，真可谓“不可思议”。

7

田村警部打电话到我家，是亚纪子葬礼结束后一个星期左右的事。

“明天，我想去你们学校附近吃汉堡。”

“啊啊？”

是想问我哪家比较好吃吗？

“附近有麦当劳，也有侬特利，不过，本地面包店开的鲍伯叔叔的店更好吃哦。”

结果警部先生在电话另一头“嗯”地沉吟了一声。

“你们要不要也来吃汉堡啊？”

“……我是很喜欢吃汉堡啦。”

“我请客，”警部先生清了清喉咙，说，“找你女朋友一起来怎么样？团体约会也蛮不错的。”

女朋友，是指工藤同学吗？搞半天原来是这么回事啊。

“如果是社团活动结束以后，应该可以。”

“是吗？那真是太好了。”

“警部先生的意思是说，你跟工藤同学见面的时候，希望我也在场吗？”

“嗯，因为我怕羞啊。”

真好意思说。

“你们不愿意在场吗？”

没这回事，我很乐意去陪她。可是，我不明白警部先生为什么要这么做。

“这件事工藤同学也知道吗？”

“当然，就是她要求你们在场的。”

我觉得耳朵开始发热，好高兴。

“不过，我想工藤同学没什么亚纪子小姐的事可说，她说她们没有往来了。”

“关于这一点……”警部先生稍微压低了声音，“我们也去工藤家拜访过好几次，工藤家的人也告诉我们不少事情。看样子，那一家人的确和遇害的亚纪子小姐不怎么亲近，对她近来的生活和人际关系几乎一无所知。只不过……”

“只不过？”

我一边反问，一边紧紧握住听筒。“只不过”是个很可怕的连接词，因为接下来会完全推翻前言。就拿发回来的作文举例好了，上面会有老师用红笔写的评语。一开始的两行全都是夸奖的话，让我很高兴，但第三行起头的“只不过……”之后的句子，就把我骂得体无完肤，让我很沮丧。每次都是这样。真的，没有比“只不过”更恐怖的词了。

"据我们的观察，你的女朋友对于她表姐亚纪子小姐，似乎略知一二。"

田村警部有时候说起话来会有古装剧的调调。

"而那似乎不便在双亲或家人面前启齿。"

因此他们从工藤家离开时，悄悄地问了工藤同学几句。结果她说，她有话想告诉他们，但那些话重不重要她没有把握，而且她一个人会怕。

"所以，就轮到我出场……"

"没错。"

我说话时努力让声音不要显得太激动，其实我已经乐翻了。

"我知道了，我会去的。"

"谢了。"

在约时间和地点的时候，我的心怦怦地跳个不停。警部先生大概以为我已经跟工藤同学去过好几次汉堡店了。没有的事，这还是破天荒头一遭。

"警部先生的部下不会很凶吧？"

"这个你放心，跟我一样温柔。"

嗯嗯嗯。

"那好，明天五点。不能让你们太晚回家，所以我们会在三十分钟内把话说完，还可以用刑事侦防车送你们。"

"不用了，那跟我平常回家的时间差不多。"

"放学以后不直接回家，还到处乱晃，不行哦！"

我又不是戴着小黄帽、背着小学生书包的小朋友。

讲完要挂电话的时候，警部先生加了一句："对了对了，岛崎同学那边给你联络哦。”

“岛崎？为什么？”

“什么为什么，他也一起不是吗？你们就像B & B一样。”

“B & B？”

“你不知道啊？那是以前很红的搞笑搭档。这个不重要。我听工藤同学说了，你们两个真是一对活宝。”

我没说话。

原来……是这么一回事啊。工藤同学要找人作陪，指名的不是我，而是“岛崎与我”这对搭档，难怪警部先生一直说“你们”。

我有点馊掉了，就像放在冰箱一整个月的牛奶一样。不过，牛奶馊掉了会变成酸奶。我很快就又振作了起来。

我跟工藤同学以后有的是机会，多花点时间，让她了解我这个人的价值和魅力就好了。

可是，挂掉警部先生打来的电话，打给岛崎，听到他说“刚才工藤同学打电话给我，我听她说了。要去鲍伯是不是”的时候，我馊得就跟在大太阳底下放了三天的鲭鱼切片一样。

要是有人碰到那天晚上的我，一定会起荨麻疹，我保证。

鲍伯叔叔的店主张现点现做，都是当着客人的面煎汉堡、炸薯条，都是刚做好、热腾腾的，非常好吃。只不过从点餐到做好要五到七分钟，人多的时候要将近十分钟。这十分钟会让在社团活动里跑得要死要活、饥肠辘辘的初中生军团忍耐不住，以至于发生吞餐盘、啃餐桌的不幸事件，所以除非星期六下午，初中生军团是不会进这家店的。也因为这样，虽然我们不是刻意要选这家店，但对于要避开别人的眼光和警部先生碰面，这个选择倒是完全正确。

我和工藤同学太过在意碰面的事，午休时完全没提起这件事，岛崎也没有露出任何不寻常的样子。

现在，我们正和田村警部及他的部下面对面，工藤同学就坐在我和岛崎中间。可能是我想太多，我觉得工藤同学脸色有点发青。在汉堡还没送来的这段时间，我们七嘴八舌地闲谈着，她却没有露出丝毫放松的笑容。平常她的肤色就比较白，这时看起来简直快贫血了。

“别这么紧张，”警部先生说，“也许你已经知道了，我跟绪方还蛮有缘的。就像‘碰’友[1]一样。”

“‘碰’友？”听到工藤同学反问，坐在警部先生旁边的部下笑了。

“现在的初中生才听不懂什么‘碰’友呢。”

令人惊讶的是——我这样讲，可能会被女权团体臭骂——警部先生的部下是女的。虽然不是大美人，但她的圆眼睛和圆鼻子很讨人喜欢，笑起来会露出很有亲和力的笑纹。她叫金指栗子，要是拿来当小说人物的名字会很不够力，据说是她出生的家种了栗子树，当时栗子又正好结果，才被取了这个名字。她知道工藤同学的昵称叫小久时，就说：

“我的昵称叫小栗呢。不过现在刑事组大家都叫我‘豪放女’。”

据说是她只要一办案，就会完全不像个女人样。真的吗？她现在穿着套装就蛮美的啊。

吉士汉堡一上桌，第一个伸手去拿的就是豪放女小姐。

---

1 “碰”友：日本麻将用语，套用“碰”与“朋”的谐音，意指“牌友”。

“快趁热吃吧。”说完，她立刻打开包装纸，大口吃了起来，然后一边用手指擦掉嘴角的番茄酱，一边对工藤同学说，“如果觉得很难开口，今天不讲也没关系哦。既然大家都认识了，随时都能打电话，也可以见面。你这样想就行了。”

她也不管警部先生，自顾自地说着。警部先生好像也默认她这么做，把心思都放在汉堡上。

“其实也不是很难开口……”工藤同学一脸为难地扭着手指头，“一开始跟警部先生提起的时候，觉得好像很重要，可是现在想一想，又觉得好像没什么。”

“哎呀，每个人都是这样的。”豪放女小姐啃着生菜说，“这才是正常的反应。有人一头热跑来说‘我知道一些没有人知道的重要线索’，有时候反而是记错了。夸张的还有跟目击日期差了整整一年的呢！”

“没有比目击证人的证词更不可靠的东西了。”大嚼香鸡堡的岛崎说，“尤其是爱现或帮忙意愿过强的证人最碍事了。”

豪放女小姐呵呵地抿着嘴笑：“你好像贝克街的小老鼠哦。”

“那是什么？”

“住在福尔摩斯家屋顶的老鼠，有样学样嘛。小老鼠平常都在屋顶听福尔摩斯推理，学一学自己也变成名侦探了。”

我从旁瞄了岛崎一眼，他无动于衷地啃着汉堡，工藤同学总算露出一点点微笑。

“那只小老鼠真可爱。”她这么说。本来想一起笑的我，听到这里就僵住了。可爱……是啊，原来如此。

我不知道豪放女小姐对岛崎人小鬼大的口吻怎么想，不过对于让工藤同学露出微笑这一点，她似乎给予了相当高的评价。

“对，小老鼠很可爱吧。”

工藤同学个性本来就很稳重，既然来到这种场合，不可能事到临头才哭哭啼啼什么都说不出来。她喝了一口一直没碰的奶昔，像是下定决心似的，缩起下巴开口了：

“关于亚纪子姐姐，我想说的，就是姐姐好像缺钱。”

我、岛崎、警部先生和豪放女小姐，大家的嘴巴一起停下来注视着她。在众人环视之下，工藤同学有点畏缩，不过豪放女小姐对她点头表示鼓励，她稍微垂下眼睑后继续说：

“亚纪子姐姐家——森田家和我们家，从姐姐还是小学生的时候，就越来越少来往，这阵子已经非常疏远了。疏远，是这么用没错吧？”

“嗯，对。”豪放女小姐说。

“至于为什么会变成这样，是因为森田姨父，也就是亚纪子姐姐的继父，和外公外婆处得不好，也没什么特别的理由，好像就是合不来。因为森田姨父很爱炫耀……这是我妈妈说的，所以大概十年前大吵了一架，之后就完全疏远了。在那之前，本来还谈到森田家要搬到立川跟外公外婆一起住的。请问，我会不会扯太远了？”

“不会不会，你说得很清楚。”警部先生一边说着，一边从上衣口袋里拿出香烟。

“我们家和森田家也差不多，后来就变成只互相寄贺年卡，森田姨父连法事都不来参加了。姨妈倒是会来，因为姨妈跟妈妈感情很好，这些事我也是从妈妈那里听来的。”

我想起上次工藤同学提起姐妹们即使结了婚，各自有了家庭，分隔两地，感情还是蛮好的事。虽然如此，但是夹在自己丈夫和双亲之间，亚纪子的妈妈一定很难做人吧。

“因此，”工藤同学叹了一口气，继续说，“我也只有在很小的时候，才跟亚纪子姐姐玩在一起，后来就一直只通过我妈妈知道姨妈和姐姐的各种消息，而且也不是什么非注意听不可的事。我想，森田家那边大概也差不多。”

工藤同学露出略微寂寞的眼神。

“我是独生女，亚纪子姐姐不是森田姨父的亲生女儿，日子似乎也过得不好，我曾想，如果能跟姐姐更亲的话就好了，结果还是不行。”

如果再成熟一点，工藤同学说完这些话，说不定会耸一下肩。不过，她只是拿起奶昔的杯子，一口都没喝就直接放回桌上。

“就像这样，我和亚纪子姐姐一直没有交集。亚纪子姐姐十六岁高中辍学的事，我也一直不知道。那是四年前的事，当时我对这种事没兴趣，我妈妈好像也认为不必特地跟我提这些。我们之间的关系大概就是这样。”

可是，大概一年前，亚纪子突然打电话来，指名要找工藤同学。

“一开始是我妈接的，说‘亚纪子找你’，就把电话转给我了。我妈妈很惊讶，我也不知道姐姐找我会是什么事。”

接了电话之后，“姐姐问我要不要去听演唱会，是一个叫‘Jitterin'Jinn’的乐团演唱会。”

“吉……什么？”

“Jitterin'Jinn。”我和工藤同学，甚至连平常对流行音乐不感兴趣的岛崎，都异口同声地复诵一遍。

“是从‘乐翻天’出来的乐团吧？”岛崎说。

“乐翻天是什么东西？”

“是一个专做乐团公开选秀的节目。”豪放女小姐说，“那是深夜节目吧？我以前偶尔也会看。三四年前的事了。”

警部先生的小眼睛睁得好大：“三四年前的深夜节目？你们三个才九岁、十岁的时候，就已经在看那些了？”

我们三个人又开始合声：“我们都录起来看。”

“那时候实在太红了，”我解释，“大家都这么做。”

“好吧，继续说。”警部先生伸出粗壮的手撑住大下巴，“顺便让我增长见闻。”

由于话题被岔开了，工藤同学稍微想了一下：“呃，刚才讲到 Jitterin'Jinn 吧。对对对，我很喜欢那个乐团一首叫《礼物》的歌，然后亚纪子姐姐在那通电话里说，听姨妈提到久实子喜欢 Jitterin'Jinn，这次拿到票，想约久实子一起去，我们一起去吧。”

当时工藤同学才上小学六年级，要去看演唱会，年纪有点太小了。

“我答应过妈妈，上高中之前绝对不会自己去看演唱会或音乐会。但那时我想说是亚纪子姐姐约的，就请亚纪子姐姐等一下，去问了妈妈。”

工藤同学的妈妈说她不赞成。

“我也是……其实，要是圣饥魔Ⅱ或 Tama 的话，不管怎样我都要去，可是 Jitterin'Jinn，我就只喜欢《礼物》这一首而已，连专辑都没听过，不去也不会感到很可惜。虽然我对现场演唱会很有兴趣，想去看看，但我那时不太想为了去演唱会跟妈妈吵架。”工藤同学说着，吐了一下舌头。

“要不了多久，你就会为了去演唱会，连离家出走都不当回事了。”豪放女小姐以做梦般的眼神说，“老鹰合唱团来日本时，我就是这样。扛着睡袋，前一天晚上就到武道馆去排队。”

“话题又岔开了。”田村警部嘟哝道。

“不好意思。可是，警部没有排过队吗？像玉川胜太郎之类的。”

警部哼哼了两声，说：“披头士来日本的时候，我轮班当过机场警卫。”

听到这句话，我们其他四个人一起惊叫起来：

“真的吗？！”

“当然是真的。”警部先生稍微挺了挺胸，“从此之后，我就决定一生都不接近西洋音乐。”

“好，”岛崎说，“回到正题吧。一年前的邀约，工藤同学拒绝了。然后呢？”

“然后，那时妈妈才告诉我，说亚纪子姐姐高一就辍学了。还说这些事告诉我，我可能也不懂，她才没说，其实亚纪子姐姐好像过得不是很好。”

亚纪子会找你去看演唱会，一定是很寂寞吧。工藤同学的妈妈这么说。

“所以，我妈妈跟姐姐说，虽然久实子不能去看演唱会，不过下次到我们家来玩吧。然后姐姐就说好。”

可是，后来过了几天，亚纪子又打电话来了。

“那时候我刚好一个人看家。结果亚纪子姐姐她……”

“啊啊，太好了。我还在想不知道要打几次才会是久实子接的呢。”

“有什么事吗？”

“想跟你商量一下。上次说的Jitterin'Jinn的演唱会，你还记得吗？”

“……记得。”

“那个啊，我也没办法去了。所以啊，久实子，你不要告诉你爸爸妈妈，跟我买票好不好？一张两千日元就好。”

“我没有那么多钱……”

“你压岁钱都有存下来吧？”

“我不能去演唱会啊。”

“票可以拿到学校卖啊。好不好？拜托你啦！下次姐姐有钱的时候，再买你喜欢的东西给你。当然，我绝对不会告诉妈妈她们的。”

豪放女小姐皱起眉头：“听起来真不舒服。一个十九岁的女孩子，向一个十二岁的小女生要钱？”

工藤同学连忙说：“她没有强迫我。我跟姐姐说，反正我是不能去，而且这种事在我家绝对瞒不住，姐姐就挂电话了。”

“有没有不满的样子？”问话的是岛崎，“是不是心情很不好，用力挂掉的？”

“也没有，姐姐还跟我说拜拜。”

对这件事，我也觉得有点不舒服。感觉就好像吃到炸的东西冷掉后的面衣，湿黏又不干脆。

“这件事，你有告诉你妈妈吗？”我问。

“没有。我觉得很难开口，因为我知道妈妈一定会生气。”

嗯，这种心情我能了解。

“那，后来就没有再联络了？”

对于田村警部的问题，工藤同学稍微犹豫了一下，摇摇头。

“今年刚放暑假的时候，亚纪子姐姐又打了一次电话给我。”

这次是直截了当来借钱的。

“她要借多少？”豪放女小姐问。

“……五万日元。”

“你拒绝了吧？”

工藤同学点点头：“因为我没有那么多钱。亚纪子姐姐又说，你一定有把压岁钱存起来吧，才五万日元，去领马上就有了。我说我的钱都是妈妈在存，不可能领得出来的。我拼命解释，姐姐好不容易才死心，可是挂了电话之后，我又觉得有点害怕。这是我最后一次和亚纪子姐姐说话。”

“后来她就没有再打电话给你了？”

工藤同学可能是想起不好的回忆吧，闭了一下眼睛，点点头：

“是的，后来就没有了。我没借姐姐的那笔钱，姐姐后来是怎么筹到的，我就不知道了……”

警部先生说时间比原本预定拖得晚，即使我们怕引人注目，不要警部先生送，可他还是把我们塞进刑事侦防车，依序把工藤同学、岛崎和我送回家。

工藤同学下了车，后座只剩下岛崎和我的时候，坐在副驾驶座上的警部先生以慎重的口气说：

“被害人平常的生活状况，我们已经慢慢了解了。”

“亚纪子小姐是自己一个人住吧？”

“准确地说，并不是。她算是住在千叶的森田家，跟家人住在一起。”警部说到这里，中断了一下，然后继续说，“一个月四五天吧。”

“其他的时间呢？”

岛崎倾身往前。

“不知道，目前还不晓得。她出门的时候，都是跟家人说要去住朋友家。或许实际上真的如此，但是要把那些场所一一找出来加以确认，是件大工程。”

刑事侦防车好像没有动力转向装置，开车的豪放女小姐用力转动方向盘，闪开路过的自行车后说：“森田家的人也说他们不再过问了。说来可怜，森田家好像只把她当作一个麻烦。”

我想起葬礼时的情景。那时森田家给我的印象是，宠物哈士奇犬比亚纪子更像他们的一家人。看来这个印象似乎没错。

“往后，被害人生前的情况，可能会出现一些你们朋友工藤同学不太想听到的事。”

警部先生说着，越过厚实宽大的肩膀看着我们。

“像这种时候，你们更要发挥朋友的作用。”

“那当然了。”我回答，岛崎却没说话，眼睛半开半闭的，表情像是在想“下一步棋”。

“喂，你是怎么了？”

我低声地悄悄问他，他心不在焉地没有回答，结果突然喃喃地说：

“……应该还有别人吧。”

我轻轻撞了岛崎一下：“喂！”

岛崎清醒过来：“嗯？”

“你在想什么啊？”

“没有啊，没什么。”

这时，他才对警部先生的话点点头，却没有随便回答。后来我才知道——虽然很不愿意承认，那是因为他对于现实的认识，比我清楚得太多了。

和警部先生碰面之后过了两天，早上我一边匆匆忙忙站着喝牛奶，一边瞄了瞄当天出版的周刊夹报广告，结果差点把牛奶喷出来。因为上面印着斗大的字：

吸毒加卖春！白河庭园遭刺杀女性黑暗的过去。

8

黑暗的过去。

我曾经听说，“黑雾”这个词是松本清张大师发明的，而“夜蝶”则是一位名叫川口松太郎的作家发明的。“黑暗的过去”也一样有发明人吗？或者这个短语并没有特定的“生身之父”，只是大家不约而同地这么用，自然而然地就成为一种固定用法了？因为就是这么平常——无论什么人，过去都有部分一定会变黑，就跟人活着只要不是满口假牙，就有可能会有蛀牙一样。

“有时候，有些人会把过去的黑暗部分当成炭，烧来当作能量。”

放学后，岛崎穿着制服直接到我家，在我们轮流看完路上买的周刊之后这么说。

“这种人，炭一烧完就没有能量，因此会故意制造黑暗的过去。我认为被称为无赖的那些艺人和文人当中，就有这种活像一整车炭的人。”

“我现在没有心情跟你说这种脱离现实的话。”我说。才刚看完的报道片段在我脑袋里飘来飘去，从内侧戳刺着我的脑浆。

报道并没有说出情报来源。由于没看到“根据警方调查”这一句，可见是想强调那是他们自行调查的结果。接受采访的是亚纪子的朋友A或熟人B，由他们来述说她生前的生活……当中的一部分。

据他们说，亚纪子一从高中辍学就开始卖春，但不清楚是否一开始就隶属于那类组织，但遇害当时，她是在一个压榨大批十来岁少女、名为“公司”的组织旗下。而这家“公司”，警方已经开始展开调查。

关于吸毒的部分，曾经数度“指名”亚纪子的某位恩客指证，曾被她“敬”过好几次毒，她本人也有重度毒瘾——杂志是这么写的。只是关于这一点，我无法立刻认同，如果真有这种事，田村警部就算不明讲，应该也会事先给我们一点暗示的。

报道的结尾，暗示亚纪子可能是因为跟“公司”之间有了纠纷，才会遭到杀害。也写着“公司”有“杀手”专门用来除掉引起这类惹麻烦的女性。

以利针类的东西刺穿脑户穴的杀人方式，的确不是外行人的手法。可是，对于这件事，我却有些疑问。

真的有这种事吗？就在我们现今生活的国家？不，就在我们生活的东京？我总觉得这很像小说或漫画里才有的情节。

“可能有吧。”岛崎说，“只是我们不知道而已——只是我们很幸福，不知道而已。”

那是一个平静的傍晚，收废纸的大叔悠哉地开着车，野猫在屋檐下打盹儿。在同一片天空下，有“公司”和“杀手”；同一片夕阳，也映在为“公司”工作的女孩们眼中……

“不管怎么样，就像田村警部说的，让工藤同学难过的事变多了。”岛崎喃喃地说。

这个世界上，有些人虽然不看报纸和周刊，却看报纸上登的周刊广告标题。这我本来就知道了。可是，我万万没想到，这种人竟然这么多。

亚纪子生前的生活并不单纯，这件事之前田村警部就告诉过我们了，因此我们已经做好心理准备。可是，那是我们的心理准备，社会大众并没有这种心理准备，而且理所当然的，这些负面消息一旦公之于众，亚纪子的表妹工藤同学身边，便会立刻刮起一阵由看周刊标题的人所引起的不祥之风。

这年头，听到年轻女孩卖春没有人会感到讶异。这是个高中女生卖内裤的时代，就连我这个初中男生，也不会为这种事大惊小怪。

可是，这完全仅止于“实际存在的某人”的情况，仅止于不知名的人们。所以，当这些人有了姓名和面孔，而且就是自己身边的人，反应便完全不同。距离感这个盔甲消失了，暴露出活生生的感情。绝大多数情况下，这种活生生的感情，都保守得不能再保守。一个中年男子对女高中生卖内衣赚零用钱的报道可能只是皱着眉头浏览而过，但同一个男子也可能是女儿超过门禁三十分钟没到家，就站在家门口等的父亲。

从这方面来看，我们每个人现在都活在“匿名的时代”里。只要匿名，做什么都可以。而匿名的人所做的事，无论是什么事，大家都会认为“没什么”而予以承认。大家都会跟我有同样的感觉，自言自语地说声“好像小说里的情节”便抛诸脑后。我们每个人都是这样，在这个行进速度太快的世界一隅中，勉强在彼此保持平衡的状况下过日子……

这些大道理我当然说不出来，是岛崎说的，不过我觉得很准。否则，就无法解释为什么在骇人听闻的情色信息满天飞的这个时代，才不过出了这种报道，工藤同学身边的大人中便出现了一大堆以不屑白眼相对的人。

这种变化真的非常惊人。对于这些大人来说，眼前的工藤同学的个性、举止和交友等，大概一点意义也没有吧。只不过工藤同学的近亲里，有个违反他们道德观的女性以不幸的方式遇害，一切就这么尘埃落定了。由于亚纪子遇害，使得“匿名”转变为“个人”的那一刹那，在部分人士的心里，她表妹工藤同学的价值也就确定了。

不过，如果是这样还好，这种程度还可以忍受。大人里面有很多永远忙得不得了、没有时间仔细思考一件事的人，生他们的气也是白搭。

可是，让我火大的是，在工藤同学身边、很熟悉她的同班同学当中，也有没头没脑就被愚蠢的大人牵着鼻子走的家伙。这一点我就无法原谅了。而且，这些人看到工藤同学被这种不公平的负面传闻抹黑，还引以为乐，就更不能让人原谅。

我气得发狂，岛崎却很干脆地说：“你才笨呢，为这种事情生气。”

“你说什么？”

“别再幻想我们跟大人不一样了。不管是青少年、成年人、中年人还是靠年金过日子的老人，都是一样的。别人的不幸滋味都是甜的。”

“我跟你说，”我差点就想一把抓住岛崎，“网球社不是有个叫大野的女生吗？那个死肥猪女，你知道她是怎么叫工藤同学的吗？她和她那群死党！”

“妓女吧。”岛崎说。

“你怎么能这么平静地说出这种话？”

“因为我没有这样想啊。”

“我也一样，可是……”

“当作没听到吧。你是笨蛋，但那些人是笨蛋的平方。可是，就算笨蛋也有说出自己想法的权利，也有得到幸福的权利。大野那些人最幸福的时候，就是别人不幸的时候。”

当作没听到，是吗？

对，岛崎说的是对的。这时候应该拿出最成熟的态度，别理那些笨蛋。

可是，在抱持这个想法的心情一隅，会出现工藤同学一天比一天消沉的侧脸。不管我们怎么要宝逗她笑，她露出的笑容只有以前的二分之一——而且越来越少。在这种时候，我忍不住就想学《异形 2》里的西格妮•韦弗，拿起火焰枪从这头喷到那头，把欺负她的那些笨蛋全部烧个精光！

“你的心情我了解，不过那是纳粹的做法。”岛崎冷静地说，“你倒不如想个计划，看怎样才能让工藤同学打起精神来。”

岛崎总是对的。可是，这种人有时真会让人很不想理他，不是吗？

结果，我和岛崎两个人绞尽脑汁想了半天还是没有头绪，便决定把工藤同学最要好的朋友，也是我们班上的伊达宏美拉进来。

“我也正想找你们商量。”

星期六下课，我们去找伊达宏美提这件事，她立刻就这么说：

“再这样下去，小久真的会生病。”

她转动眼珠，瞄了工藤同学的空座位一眼。是的，那天工藤同学终于请假了。也就因为这样，从那篇报道出现以来，像影子一样亦步亦趋地跟着工藤同学，鼓励她的伊达宏美，才有时间跟我们谈。

“喂，你有什么计划？”岛崎问伊达同学，“我和绪方想得出的主意有限。”

听我说了这么多岛崎的事的各位，看到这里也许会有点惊讶，因为岛崎这个少年，应该不是那种会用“喂”叫班上女同学的人才对。是啊，的确没错，但是这位伊达宏美同学与众不同。如果当场听的话，岛崎的“喂”，听起来就跟“你这家伙”、“老兄”的感觉非常接近。很令人意外吧？

绝大多数的时候，我都叫她“伊达同学”。我们同班刚混熟的时候，她曾经要求：“叫我小美啦。”虽然是半开玩笑的语气，但她好像真的很希望我那样叫她。

可是，要我叫“小美”，我实在叫不出口啊。我跟岛崎提起这件事，他大笑，然后说：

“别闹了！那么 high 的家伙叫什么小美，应该叫冰毒才对。”

问他什么叫冰毒之后，我才知道原来有一种兴奋剂叫冰毒。因此我和岛崎之间，有时会私下用“冰毒”这个暗号来称呼伊达宏美，不过这绝对不是一个损人的称呼，事实上，我们只要一和她讲话就会很有精神，这其实算赞美。

说了这么多，意思就是岛崎对能让人很 high 的伊达宏美同学评价甚高，甚至另眼相看。我是觉得，一个女孩子竟然具有能让岛崎 high 起来的精神构造，光这样就已经弥足珍贵了。岛崎好像也有同感，才会出现那个令人意外的“喂”。

伊达同学的体型比工藤同学大多了，嗓门儿也很大。就一个女孩子来说，她给人很“粗壮”的印象。她经常充满积极的动力，甚至是处于战斗状态，而她的战斗对手往往是老师。岛崎曾偷偷地说（竟然连岛崎也只敢偷偷地说）：“伊达有恐怖分子的素质。”

不知道为什么，她那恐怖分子的素质，到了工藤同学身上就变成姐姐般温柔的包容力，或妹妹般单纯坦然的信赖。这正是人与人组合的有趣之处。

照我看来，可能对伊达同学来说，“小久”具有她所没有却想要的一切。娇小又精致端正的五官、滑嫩的脸颊、单纯得有点危险的个性、说话时撒娇的模样、诞生出那些令人爱怜的言语的小脑袋，等等。这一切伊达同学都没有，才会格外想加以保护。

我很了解伊达同学的心情。因为，我身边就有一个让我无论如何都自觉“比不上”的朋友。但我对于这个“比不上”的岛崎，多少还是有竞争的心理，有不服输的心情，可是伊达同学却没有。可能伊达同学毕竟是女孩子吧，而且是十几岁的小女生。十几岁的小女生只能靠与生俱来的牌来一较长短，和一开始就拥有一手好牌的女孩子相比，不管怎样都没有胜算。这件事，聪明的伊达同学非常了解——只不过这或许是一种非常令人悲哀的聪明。

我喜欢伊达同学，不过我遇到她不会脸红心跳，但看到工藤同学会；我喜欢伊达同学，却对她不会有恋爱的感觉，但是对工藤同学会。我想，我这个年代的男孩子都有这种倾向。虽然残酷，却是事实。

像伊达同学这种类型的女生——这么说虽然有一竿子打翻一船人之嫌——如果不到某种年纪，每个人对她们的想法都一样。这种话由我这个男生来说很可笑，但是我真的这么想。不过，我也认为伊达同学不会因为这种事变得性格扭曲，就因为这样，她才会这么珍惜她和“小久”的友情。

“就是明天吧？带便当去野餐怎么样？”伊达同学说，“我也想过要不要去看电影或打电动，可是我觉得，这种时候还是不要关在室内，去外面走走比较好。”

“我还以为每个女生都想去原宿的竹下通呢。”

伊达同学对我的话嗤之以鼻：“那不就跟平常没两样？”

“我赞成野餐的提议。”岛崎说，“其实，我觉得这样是最好的。只是……”

“就你们两个，很难开口约小久去野餐吧。”伊达同学抢着把话讲出来了，“我今天放学会先去小久家，拿影印的笔记给她，到时我再问她的意愿，看她如果要野餐的话想去哪里，晚上再打电话给你们。”

就这样，我们很快就商量出了结果。那天晚上，我洗完澡的时候，伊达同学打电话来了。

“我跟你说，我问过小久了。”

“她说想去哪里？”

伊达同学有点难以启齿的样子，这是非常稀奇的事。

“小久说……”她断断续续地说，好像还是说不出口，“她说她很想去……如果大家愿意陪她的话，有个地方她无论如何都想去……她怕大家不肯。”

“哪里啊？”

伊达同学停了一下才回答：“白河庭园。”

9

第二天是好天气。白河庭园解除了封锁，池水平静无痕。这时还不到枫红时期，褪去绿色的树木形成一年当中最无趣的景象，但是从树叶间洒落的阳光很明亮，风神正嚼着清凉薄荷口味的口香糖。

我们事先商量好，要是有万一，大家就一起杀到伊达同学家热闹一下，而我负责查探清楚这地区比较好玩的文艺设施，岛崎则是想出几个难到极点而答案奇蠢无比的谜题。然后，我们也说好，等工藤同学看够了，就尽快离开白河庭园，要设法制造好气氛，让工藤同学忘了那里。

但是到头来，这些准备全都没派上用场。工藤同学说，她只想和我们悠闲地坐着晒太阳。然后，她带了小小一束白花，说："请告诉我亚纪子姐姐倒在哪里，我想去祭拜一下。"

我们没有任何人反对，没有人说"还是别去了吧"。

"你带路吧。"岛崎对我说。我第一个迈开脚步，心里想着，原来这就是工藤同学最想做的事情之一。

她一定是真心想看看现场，而不是只有口头上说得好听而已。对于一个死后还给人留下不好的感受，并且实际上对她造成伤害的表姐，她心里所累积的感受，一定不是一个初一学生的语汇能够表达的，而她自己对此一定也感到无可奈何。因此才想试试亲自到现场这个方法。那束花，一半当然是为了亚纪子，但是剩下的一半，大概是为了工藤同学自己心里所受的伤吧。

命案发生已经过了两个星期，星期天的白河庭园已经恢复以往的热闹。我们混在许多开心出游的家庭、情侣和团体中，表现出结伴同行的中学生应该有的认真和开朗，走向命案晚上装饰着无数灯笼的“儿童广场”。

今天，有许多人在儿童广场从事休闲活动，就跟命案发生之前一样。发出欢乐叫声打羽毛球的人，坐在草地上的年轻情侣，架起画架专心作画的业余画家们，还有虽然禁止却还是牵狗来遛的人。

我指出事发地点所在的树木和树丛，工藤同学微微点头，往那里走去。她没有害怕畏缩的样子，走在最前面，只是在穿过广场时回过一次头，确认我们是不是就在旁边。我觉得有点骄傲，更有点高兴。

一靠近那片树丛，我就开始紧张起来。命案发生之后，我从来没想过会再来这里。那天晚上的事，到现在我依然记得一清二楚。我记得那时担任町会干部的叔叔紧紧抓住我时冰冷的手指，也记得躺在叔叔脚边的亚纪子身上盖的西装外套颜色。那是泛青的灰色，就和她死去的脸一样。

工藤同学毫不犹豫地向前走，越来越靠近树丛……越来越近，只剩一米……

这时候，我们突然听到窸窣声，有人从树丛灌木间站了起来，是个中年男子。当下，我想起那天晚上的叔叔。

工藤同学立刻向我们这边倒退，发出小小一声惊叫，花束从手中掉下去，两三瓣花掉了，飘落在草地上。

伊达同学也发出“咦”的叫声，那也许不算叫声，而是倒吸一口气的声音。我的心脏跳起来堵住喉咙，因而没有叫出来。岛崎则是当场像玩具兵一样，维持一只脚踏出去的姿势，就地定住。

从树丛里出现的中年男子，惊吓的程度比起我们有过之而无不及。他像要保护自己般双手挡在身前，眼睛睁得好大。

“啊，对不起。”

第一个出声说话的是工藤同学。她的花掉落在脚边，一双圆睁的眼睛凝视着对方。

中年男子看看我们，又看看工藤同学，再看到从她手中掉落的花束，就这样一直看着。接着，他抬起目光，这次是看向工藤同学，直勾勾地盯着她看。

“你是在这里被杀的死者的亲人吧？”他问工藤同学，声音很沙哑。听了他的声音，就知道他已不算中年，而比较接近老年。

他应该超过六十岁了吧。以他的年龄而言，算是少见的长发，看起来不像是为了时髦留长的，而是邋遢没剪的杂乱。他身上穿着廉价的蓝色运动外套和白衬衫，长裤膝盖的地方磨光了，脚上是旧运动鞋。

“啊……是的。”

工藤同学回答之后，朝我们瞄了一眼，确认大家都在。不要怕，我就在你身边。

“那真是不好意思。”

穿蓝色运动外套的男子跨过树丛往这边靠近。

“那些花是要供奉的？”他问工藤同学。我们明明有四个人，他却只跟工藤同学讲话。

“是的。”

工藤同学点点头，急忙把脚边那束花捡起来。穿蓝色运动外套的人对工藤同学点了点头。

“那我就不打扰你了。”

就这样，他连看都不看我们一眼，就快步朝广场的出口方向走去。我愣愣地看着他离开，听到岛崎发出“嗯”的声音。

“刚才那是谁呀？”伊达同学喃喃地说，“小久，你认识他吗？”

工藤同学摇摇头：“不认识。”

就像听到我们的对话似的，离我们越来越远的穿蓝色运动外套男人，正好回过头看我们，一发现我们四个一起目送着他，便连忙转过头开始小跑，像逃走般离去了。

还来不及思考，我的脚就动了起来。我迈开双腿，穿越草坪，一心一意地跑。一直来到广场出口那里，才发觉伊达同学在我后面。

“绪方同学你右边！我左边！”

伊达同学大声喊，我立刻照做。

之前我也说过，白河庭园基本上是一个以池塘为中心的圆形庭园，出口只有一个。我跟伊达同学两个人左右包抄的话，应该可以在某个地方拦住那个人才对。而且，我们只比他晚了一分钟起步而已。

可是，我和伊达同学后来都追丢了。可能对方察觉到我们在追他，躲起来了也说不定。想躲的话，庭园里有很多可以藏身的地方。

我和伊达喘着气，垂头丧气地回到广场树丛旁边。岛崎看着我，我对他摇摇头：“被他跑了。”

“奇怪了。”岛崎缓缓地说，我也缓缓地点头。

“不过，没办法。”像是要甩开这种不愉快的情绪，伊达同学甩甩头说，“快拜一拜吧。”

工藤同学把花供在亚纪子倒下的地方，双手合十，低下头。我们也一起默祷。

工藤同学抬起头睁开眼睛之后，岛崎开口了：“我有个提议，不过如果大家没兴趣就算了。”

工藤同学露出认真的表情：“什么提议？”

“刚才那个男的，很可疑吧？”

“嗯。”工藤同学和我，还有伊达同学异口同声地回答。

“我想，最好还是通知警察一声。”岛崎低声说，“如果是与命案无关的人，那种态度未免也太奇怪了。”

“我也这么认为。”工藤同学说，语尾有点颤抖。

“可是，要怎么跟警察说呢？”伊达同学的声音显得很困惑。

“说我们看到一个态度很可疑的老先生，这样没什么用吧？”

“现在的话，大家的记忆应该还很清楚。”

岛崎说完，看着我。

“能不能去拜托田村警部，帮我们做人像素描？”

在我旁边的工藤同学咬着唇，眼睛还望向那个人消失的广场出口。

10

田村警部说："啰啰啰。"

虽然很啰唆，但我还是要说，他不是发出"啰啰啰"的声音，而是说了"啰啰啰"三个字。这就代表，警部先生的心情不怎么愉快。

"你们几个……"

因为嘴上叼着烟，警部先生就像老电影里的流氓一样，只用嘴角讲话，冷冷地看着我们。

"你们到白河庭园去了？"

"是的，我们去了。"回答的是岛崎。

"然后，你们在那里……"

警部先生被自己香烟冒出来的烟熏得直眨眼，往旋转椅的椅背靠去。那张椅子好像相当老旧了，椅垫破破烂烂的。椅子发出挤压声，似乎在抗议警部先生巨大的身躯。

"看到可疑男子，追他，然后跟丢了。"

"正是。"岛崎再度点头。

“然后，你们问我们能不能画那个男子的人像素描。不，你们认为应该画那个男子的人像素描，因为你们认为那名可疑男子跟森田亚纪子的命案有关，没错吧？”

我和岛崎，还有工藤同学和伊达同学，四个人一齐点头。

警部先生把我们几个人的脸看了一遍，接着很夸张地叹了一口气说：“这是我的回答：各位同学，回家去吧。把那个男人忘记，别再想命案的事了。”

我马上站起来：“有必要这么说吗？我们也是为了协助警方调查……”

警部先生挥挥大手打断我的话，转向我，把椅子压得叽叽响。

“你们协助调查的目的，是想早点抓到杀害亚纪子小姐的凶手，是不是？”

“那当然了。”

“但是，抓凶手是我们警察的工作，”警部先生继续说，“所以，你们能对我们警方提供的‘协助’极为有限。不，事实上，可能只有一件。”

“是什么？”

“就是什么都不要做。”警部先生一口回绝。椅子也发出“啾”的一声，像是在附和他，“初一生要有初一生的样子，乖乖待在家里。小说里头怎么写我不知道，但是现实中我们这些警察，并没有昏庸到需要乳臭未干的‘名侦探’帮忙。”

我气得脑充血，差点就要扑上去抓住警部。但是，看到亮晶晶的泪水从坐在我身旁的工藤同学脸上，落在并排在膝头那双又小又白的手心上的那一瞬间，我就泄了气，无力地坐回椅子中。

警部先生一定也看到工藤同学的泪水了吧。他的声音变得柔和：“我说，同学们，那种轰动社会的命案现场，就算过了一阵子，还是会吸引一些好奇心旺盛的闲人。那个可疑的中年人，我保证百分之百也是那种人。把他忘记，拿这种事情自寻烦恼，实在太浪费你们宝贵的时间了。”

警部先生的声音从默不作声的我们头上掠过。他把椅子压出声音，将一只膝盖往前移，面对工藤同学，以更温柔的声音对她说：

“这次的事，你一定也受到很大的打击吧。因为表姐的事被乱写一通，你也一定很不好受。但是，这些事只要暂时忍耐，就一定会消失的。你看过登山家或极地探险的人写的书吗？当他们遇到气候恶劣、风势太强的时候，都会一动不动地露宿好几天，不断地忍耐，等待能够前进的时机，等待云散雪停、太阳露脸的时候。我现在就是希望你这样，你明白吗？”

警部先生一字一顿地用力说着，其中虽然不时掺杂椅子刺耳的悲鸣，但这是一段感人的话语。

工藤同学小声地回答“是”，泪水又滴落在手心里。

“你是一个非常坚强、聪明的女孩子，而且你并不孤单，你有很好的朋友。所以我想，忍耐对你而言，绝对不是一件困难的事。”

警部先生身子前倾，双手放在工藤同学瘦弱的肩上，像安抚她似的轻轻拍了拍。在沉默之中，只有警部先生屁股下的旋转椅不时发出“叽啾、叽啾”的声音。

“我答应你，”警部先生用力地说，“不，应该要说，我向你保证。各位同学，你们放心吧。这件命案的凶手，我想……不到半个月之内，一定会抓到。我们会将他逮捕归案。”

工藤同学猛地抬起头来，伊达同学看向工藤同学，我也这么做，只有岛崎一个人低着头。

警部先生对工藤同学点点头："是的，命案调查已经接近尾声了，不久就会逮到凶手。这么一来，所有事情都会水落石出，风暴也会平息的。"

警部先生坐在椅子上，整个人向后靠，露出大大的牙齿笑了："相信我，我是报气象的大叔，再过一阵子好天气的日子就会来了。到时候，再收起帐篷前进，好不好？"

警部先生舒服地前后摇晃他的大肚子，倾斜的椅子跟着发出挤压声。

"我知道了。"

工藤同学小声地回答，我们也站起来，离开刑警办公室。

我们在楼梯附近遇到正要上楼的豪放女小姐。她看到我们神情有点异样，一脸担心地走过来。

"你们来找田村警部？"

"是的，"我回答，"被骂了一顿。"

"哎呀，"豪放女小姐露出想安慰我们的表情，"我也经常被他骂得狗血淋头呢。别放在心上哦。"

今天的豪放女小姐身穿奶油色裤装，脚上穿着类似军靴的靴子。可是，不知道为什么，右手却拎着一双橡胶靴，好像才刚洗过，水从鞋跟的地方滴答地滴下来。

豪放女小姐察觉到我的视线，笑了笑："哎呀，讨厌，还在滴水，会被打扫的大婶骂的。"

"你穿这个去调查吗？"

“对呀。”豪放女小姐耸耸肩，一种带着神秘的动作，“天已经快黑了，回家路上要小心哦。”

我们看着她离开，正准备踏上台阶，刑事组办公室传来一阵巨大的声响。工藤同学吓得睁大眼睛，伊达同学惊叫着跳起来，我也吓了一跳。

独自保持平静的岛崎低声说：“那把旋转椅。”

就像要为岛崎这句话做证一般，我们听到豪放女小姐大声说：“警部，你还好吧？”

“我就觉得很危险。”岛崎说，“叫得太厉害了。”

我们默默走下楼梯，经过一楼的走廊，无视挤满人的交通课，快步走向正面玄关。向站岗的警察先生行了礼，从警车旁边走过，来到警署前面有公交车行驶的大马路……

走到这里，我们笑了出来，一直笑、一直笑、一直笑，笑着跑了起来。

送工藤同学和伊达同学回家之后，我先到岛崎家去，然后我们爬到了晾衣台上。有时候，我们想来个男人间的对话——从不想被别人听见到其实很想找人倾诉——的时候，就会一起爬到这里。

我们这里的公寓和大楼越来越多，视野也没有以前好了。但是在一片不时出现涂了三合土旧瓦片的屋顶波浪背后，火红夕阳缓缓落下的风景依旧很迷人。

最重要的是，爬到这里就可以脱离社会和学校，好好享受和志同道合的朋友两人单独在一起的时光。这样一点都不会孤单。如果是在大楼屋顶，和岛崎两个人眺望着脚下世界，我想我一定会感觉到一阵孤寂。

在这里就不会。一年三百六十五天，只要天气好，无论什么时候，只要和岛崎两个人抱着膝头坐在晾衣绳上飘动的几十条雪白毛巾下面，我的心就会感到平静。

“命案就快破了啊。”

岛崎抬头望着即将转暗的天空冒出这一句。

“那位警部先生不是会随便乱讲的人。”我说，“他说的应该都是真的。”

岛崎没有说话。飘动的毛巾在他的脸颊、额头上，落下闪动的淡淡影子。

“只要抓到凶手，工藤同学也可以早点复原。我觉得稍微安心一点了。”

听了我的话，岛崎还是不作声。这种神秘的沉默，每次都证明岛崎正在思考我万万也想不到的事。

我问：“你在想什么啊？”

岛崎缓缓地眨眼，看着我，然后以问题回答我的问题：“你喜欢工藤同学吗？”

这时候的我有多惊讶就不用说了。我想就算岛崎说的是“我喜欢工藤同学，我爱上她了”，我也不会这么惊讶。

不知如何是好的我，脱口说出脑子里浮现的第一句话：“你问这个干吗？”

听了这句话，岛崎微微一笑。就连在这时候，我也一样忌妒他的笑容。有时候——好比睡前刷牙的时候，我猛照镜子，心想是不是快长胡子了，然后对自己做出一个笑脸的时候，就会感到一阵心痛，一阵羡慕——如果我长得跟岛崎一样就好了，如果我也有那种笑容就好了。

“我喜欢工藤同学，因为她是个好女孩。”岛崎说，“所以，看到她完全失去自信，我很担心。”

我设法让心灵处于失速状态的自己振作起来。我能做到这一点，是因为岛崎说的是“我喜欢工藤同学，因为她是个好女孩”；因为他不但只说了“我喜欢工藤同学”，后面还加了一个条件。

一个真的爱上别人的人，一个处于热恋中的人，不会说“因为什么所以喜欢”。因为，爱是找不到理由的。像我，我就不知道我为什么喜欢工藤同学，我就是喜欢她。

因此我判断——虽然可能只是我一厢情愿——至少岛崎对工藤同学的感情，没有像我这么深。这一点，让我暂时能够冷静下来。

“你说她失去自信，还不都是因为那些人乱讲吗？”

岛崎对我的话摇头：“不是的。我担心她会伤害自己，这样严重得多了。”

我看着岛崎，他也总算转过头来看我。

“上次我们在电话里聊的时候，她是这么说的。‘听到这么多亚纪子姐姐的坏话，我就觉得好悲哀，也觉得好丢脸。’”

“这也难怪啊。”

“然后她会想，亚纪子姐姐做的事，的确不是一个女人该做的事。她为什么会去做那种事呢？虽然可能有金钱等很多的因素，可是，这世上有很多女人就算遇到再大的困难，也绝对不会出卖自己的肉体。所以亚纪子姐姐会做出那种事，会不会是因为我们家族血统的关系？因为我们家的血统里有那种因子。”

我说不出话来。本来怡人的薄暮，突然间显得凄清。

“她还说，虽然告诉自己没有这回事，却无法说服自己。她妈妈也曾哭着说过同样的话，当然不是在她面前。她说她偷听到她妈妈跟她爸爸说过这种话。她爸爸安慰她妈妈说，别胡思乱想了。”

我突然想起亚纪子的妈妈——也就是工藤同学的姨妈，她妈妈的姐姐，是个未婚妈妈的事。而且也立刻发现认定这是“坏事”的念头，就潜藏在我内心某处。

“家家有本难念的经。”岛崎说，“在漂亮的外表下，多的是肮脏和见不得人的事，每一户人家都一样。可是，毕竟要上了一点年纪才能看得开，然后把这些当作‘常有的事’。尤其是女孩子，我看很难。”

岛崎的声音一反往常地温柔。在薄暮之中，可以看到他在眨眼。

“原来如此啊，原来命案就快侦破了。既然警部先生都这么说……”说完，他又继续，“但是，他们的调查纯粹只是为了抓到凶手而已。”

“也会揭开真相的。”

岛崎摇摇头：“不，我不认为能够揭开真相。不是不能，而是没那个必要。只要知道凶手是谁，能够证明他是凶手，对警方来说就够了。他们也只能这么做，否则那么多工作是做不完的。所以，这样就够了。”

“你到底想说什么？”

岛崎笑了笑：“我认为，要让工藤同学重新振作起来，就有必要了解亚纪子小姐为什么会去做那种事、为什么会死于非命，还有她平常是怎么过的，她是不是真的是个无可救药的女孩？当然，要把这些全部调查出来，让一切真相大白是不可能的。不过，我觉得如果能稍微了解亚纪子小姐生前的事，工藤同学多少也会觉得轻松一点，也更能清楚了解自己和亚纪子小姐的不同，或许就能找回自信了。”

我紧紧地抱住膝盖：“那该怎么做才好？”

“白河庭园的那个中年男子。”

“嗯。”

岛崎凝视着我：“我说过，那个男的一定有什么，对吧？就一个与命案无关的人来说，他的态度太奇怪了。”

“对啊，你说过。”因此，我和伊达同学才会去追他。

“但是，我想我还没说过，为什么我觉得他奇怪。”

的确没有。

“老实说，我也犹豫过，也想过要不要跟警部先生说，可是就算说了，我觉得他也会用一句‘爱看热闹的人里面也有那种人’就带过去，而且的确有那种可能。我也认为照警部先生那种自信满满的口气，显然他们真的已经掌握到命案的主要线索了。不管怎么样，那个中年男子的存在只是一个小小的插曲——可能是与警察所求的‘命案真相’无关的小人物。”

“别吊我胃口了，那到底是什么意思啊？”

看到我不耐烦的眼神，岛崎低声说：“那时候，我看到那个中年男子跪在命案现场祷告。”

我直直地回视岛崎。他点了一下头说：“我看起来的确像那样。他低着头，闭着眼睛。不管他是谁，既然在为亚纪子小姐祷告，他跟亚纪子小姐之间一定有某种正面的关系。这么一来，只要找出这名男子，就能找出亚纪子小姐生前正面的部分，或许就可以让工藤同学的心找到依靠，你不这样认为吗？”

我把眼睛从岛崎脸上移开，抬头望着已经全黑、星星开始闪烁的天空。感觉风吹拂着我的脸颊。

我觉得心里涌出一股力量。

“那该怎么做？我们什么线索都没有啊。”

岛崎说：“总之，我们需要人像素描。我想调查亚纪子小姐的朋友里，有没有人认识那个男的。”

“我们已经吃了警察的闭门羹了。”

“所以，”岛崎露出狡黠的笑容，“我想去拜托桥口看看。”

11

桥口勇："我的勇念作'永'，可不是'用'哦！"本人如此不厌其烦地坚持。他是我们班隶属于美术社的同学。

"你愿意帮忙吗？"

"这件事我还蛮感兴趣的。"

那是星期一午休的时候。桥口平常习惯十分钟就解决午餐，马上进美术教室画到上课，我们拦住他，跟他提起这件事。

"你们的记忆够不够清楚？这可是关键所在。"

桥口一本正经地坐在圆凳子上问我们。他在美术教室的一个角落里，背对架着大型素描簿的画架，右手拿着炭笔把玩。他的体格和我差不多，不过肩膀给人瘦弱的感觉，肩膀上顶着一颗形状像蛋般浑圆的头，长大以后，肯定很适合戴画家扁帽。

"事情才发生没多久而已。"岛崎说，"而且，我们有四个人。"

"四个人？"桥口的小眼睛眨个不停，"这样反而不妙。"

"为什么？"

“反而会混乱，顶多只能两个，这样好画多了。”桥口以认真的口气说，“我不是第一次靠别人的记忆来画画，以前画过一次。那时候画的是风景画，总共有六个人，听他们一个个讲完之后，照他们的形容来画的。”

“结果呢？”

“画出来的画，跟实际上的风景差多了。”桥口笑着说，“虽然是画来玩的，不过我真的很惊讶。原来人只会记得自以为看过的东西，或者是想看的东西。”

我和岛崎对望：“那，要找哪两个呢？”

“其中一个是岛崎。”桥口立刻接口指名，“岛崎的记忆力跟照片一样。别跟我说没这回事，我对这种事是很敏感的。另一个……”

桥口微微歪着头，有点顾虑地看看我又看看岛崎：“我可以问一下吗？这件事，是不是跟工藤同学亲戚的命案有关？”

虽然我们没有提到详细的理由，但只要知道是跟白河庭园有关，大家都会这么想吧。

“对。”

一听到我的回答，桥口毫不犹豫地说：“那就不要找工藤同学了，她心里可能会出现一些实际上没有的东西，这样很难画出正确的画。这么一来，就剩绪方和伊达同学了。那，绪方好了。”

我很高兴，用力点头。

“太好了！那个男的我记得很清楚，而且……”

“而且？”岛崎和桥口同时问。

我急了。真是的，我怎么会这么笨，就是不懂得隐瞒。

“呃……就是那个………”

“快说啦！”

我觉得有点得意。

“我啊，好像知道那个男人的身份了。”

老实说，昨晚我想到这件事的时候，便为自己的发现兴奋得睡不着。现在，在他们两个惊讶的注视下，我就更得意了。

“你的想法有明确的根据吗？”桥口问。

“没有，并没有什么证据。”

“你是说，那是你的推理？”

“没错。”

结果，桥口很果断地说：“那你不行。”

“为什么？！”

“我不是说了吗？要是有这种先入为主的观念，就会影响记忆。既然我答应要画，就希望画出来的人像尽可能接近本人。很遗憾，绪方不合适。”

我觉得好气，真没意思。

“那，我们就拜托伊达。今天放学后可以吗？”

岛崎说着，准备站起来。桥口不知道为什么支支吾吾的，说：“喔，可以。”他的口气让我和岛崎觉得奇怪。

“有什么不对吗？”

“没有啊。”桥口故作平静地回答，“因为，伊达同学有点啰唆。”

可是，他的眼睛那边有点红红的，我和岛崎都没看漏。

虽然很对不起伊达同学，但这实在是个意外的发现，同时也是让人露出会心微笑的一件事。

“放心，我们不会跟她说你脸红了。”岛崎说。

“可是，你心里有了这种杂念，真的画得出来吗？”

我一逗桥口，他整张脸都涨红了，很不高兴地说：“你等着看好了。”

回到教室之后，我和岛崎去向工藤同学及伊达同学说明这件事。她们很认真地听完之后，伊达同学先开口了：

“我知道了，我会帮忙的。我们来把那个大叔找出来。”

工藤同学眼睛湿湿的。我心想，她真是个泪腺发达的女生。

“谢谢。”她低着头，小声地说。神哪！为了听到这句“谢谢”，要我死几次都可以，我说真的。

桥口没骗人，他的确把事情做得非常好。

白色的素描纸上，以炭笔画出来的人像素描，果真就是上次我们在白河庭园看到的那个男子。不仅是脸，如果以照片来说，就是所谓的半身照，连那个男子穿的运动外套领子的形状都画出来了。而且，运动外套还涂成了蓝色。

“伊达同学还看到那个男子的背影，也在近距离看到他跑步的样子，才能连肩膀的线条都画得出来。”

桥口向我们四个解释。

“一模一样。”工藤同学叹息着说，“要怎么画才能画得这么像啊？”

“搞不好你是天才。”伊达同学说，“简直就是钻进我和岛崎脑袋里，看着我们脑海里的录像带把那位大叔的脸画出来一样，像得吓人。”

被伊达同学盛赞了一番，桥口很不好意思地红了双颊：“如果你们真的这么想，用完之后，把这张画还给我吧。三四十年之后，我会把这张当作初期作品收在画集里，再附上这次的插曲。”

“不要，你还是签个名送我。”毫不知情的伊达同学一个劲儿地表示佩服，“以后一定会很值钱。”

桥口笑着没有正面回答，只顾着害羞。然后，一听我们要拿去影印，就说为了保险起见，在整张素描上喷了固定胶。

我们凑了零钱在放学路上的7-11影印人像画，两个女生在进行这个工作的空当，岛崎碰了碰我的手肘，我们两个来到店外。

“干吗？”

“你今天跟桥口说的事，”岛崎压低声音说，“我想我猜得出来。”

我有点不爽：“那你就猜猜看啊！”

“你是不是怀疑那个中年男子是亚纪子小姐的亲生父亲？”

一点也没错。

“岛崎，你也这么认为？”

“这是最容易联想到的。”岛崎稍微耸耸肩，“所以，我就跟工藤同学确认了一下，问她那个中年男子有没有可能是亚纪子小姐的父亲。”

我抓住岛崎的手：“结果怎么样？”

“她说不是。”岛崎很干脆地说，“亚纪子小姐的生父据说也出席了葬礼。尽管发生了很多事，在户籍上，他还是认了这个女儿，毕竟他也没办法对这件事置之不理吧。不过，这也只能聊以自慰而已。总之，工藤同学认得亚纪子小姐的亲生父亲，她说那个中年男子完全是陌生人。那时她在公园说过，她根本不认识他。”

我能想到的事，岛崎总是先想到了。

真气人。

“所以，桥口把你去掉果然是对的。”

这我明白，可是实在太没意思了，因此我没作声。没关系，我只要在我们接下来的“调查”当中，表现得比岛崎更好就好——我这样告诉自己。

12

要怎么做，才能有效使用桥口帮忙画的那张素描，尽快找出在白河庭园遇到的那个可疑中年男子呢?

我和岛崎、工藤同学及伊达同学，四个人凑在一起讨论。再怎么说，初一的学生要钱没钱，行动范围也有限，拿得出来的就只有点子而已。结果，我们决定兵分两路。

1. 每个星期天都到白河庭园，在公园入口把影印的人像画发给来公园的人，问他们“有没有看过这个人”，就是所谓的寻找目击证人，虽然不能抱太大的期望，不过也不见得没有一试的价值。只是，来公园的人未必都是亲切的市民，因此这件事不能由女生来做，由我和岛崎来担任执行部队。

2. 不管那名中年男子是直接还是间接认识亚纪子，只要他认识她，亚纪子的朋友或熟人里，便可能有人认识这个男子或是看过他。不过，这必须先对亚纪子的人际关系有某种程度的了解才行。这个工作虽然身为亲戚的工藤同学最合适，但有很多地方是内向的她一个人应付不过来的，所以由伊达同学从旁协助。

“到七七之前还有一段时间，我想跟大人说，在那之前再跟亚纪子姐姐上一次香，趁机到森田家看看。”

工藤同学一脸不安，像在怀疑自己是否真能办得到。

“我一个人会怕，所以想请伊达同学跟我一起去。”

伊达同学用力拍了一下胸膛：“我就说，命案当晚我也去参加了虫鸣会，请他们让我也上个香，我想这样他们应该不会拒绝才对。然后，我会小心不引起别人的怀疑，兜着圈子问问看。那张素描也要看好时机才能给他们，如果森田家有人认得那个男子，就太好了。”

工藤同学一边听伊达同学说，一边轻轻点头。看起来好像在告诉自己，不要怕、不要怕，有伊达同学在旁边陪我。而伊达同学则说：“如果到森田家，可以去看亚纪子小姐的房间就好了，要是能发现联络用的电话簿就更幸运了。”她东想西想的，精力充沛得活像推理小说里的人物。两个人形成一组对照。

我们也已经想好借口，以便在白河庭园被问到“为什么要找这个人”时有个回答。那就是：前几天我们来这里散步，却被好几个不良少年纠缠，还被勒索。那时这位大叔正好在场帮我们解围，可是我们吓坏了，忘了请教他的大名。当时大叔好像还受了伤，我们很担心，因此无论如何都想找到他，向他道谢。这理由挺不错的吧？

我们几个合力在7-11影印的五十张人像画后面，注明“如果您认识他，请与我们联络”，并且写上岛崎理发店的电话作为联络方式，行动就此展开！

我们并非专业的警探，平常不但有学校生活，还要回家当乖小孩。

虽然这时期离第二学期的期中考还有一段时间，不需要为了念书而神经紧张，可是我们有作业要写，有时还得交报告。

社团活动也很忙碌。我这个足球社的一年级小弟，总算刚从捡球专门部队稍微升格，每天被操练得乱七八糟；岛崎则和将棋社顾问老师纠缠不清，因为老师看好岛崎的才能，希望把他送进日本将棋联盟，一天到晚地劝他；伊达同学是在篮球社练她最拿手的远投；参加软式网球社的工藤同学则每天都必须练习挥拍和跑步。照她的说法，我们学校仅有的两个球场，对于参加网球社这个当红社团的女生来说，就像美国高尔夫球公开赛之于刚出道的职业高尔夫球选手般令人憧憬。工藤同学看到我对她这个比喻露出意外的表情，就笑着说，她爸爸非常喜欢高尔夫球，经常看电视转播的球赛，因此她对高尔夫球还蛮熟悉的。工藤同学的爸爸真的很热爱高尔夫球，不过这也是当然，她说她爸爸大学时代参加的高尔夫球社，以职业选手辈出而闻名。

“听说我爸爸很想成为职业高尔夫球选手，大学毕业时还曾经坚持不去找工作，要努力打球呢。可是我爷爷奶奶坚决反对，只好放弃了。一直到现在，他有时候还感叹说，要是当初没有放弃就好了。”

“喝醉的时候吧？”

工藤同学摇摇头：“不，是没喝酒的时候。所以我才知道，啊啊，原来爸爸到现在还为放弃梦想而遗憾啊。”

工藤同学的爸爸在银行上班，是东京都内某分行的副经理。这种工作经常需要调动，但考虑到工藤同学的升学问题，听说他决定以后就算被调到地方去，也是单身赴任。我松了一口气。

“不过，既然你爸爸是银行干部，经常要陪客户打高尔夫球，那不是蛮好的？可以经常上果岭。”

工藤同学笑嘻嘻地说："我爸爸说，因为是跟客户打球，必须故意打输才行，很难呢。"

我爸——和朋友提起来的时候，我都叫他"我老爸"——年轻时的梦想是当船员。比较特别的是，他想当的不是船长也不是水手，而是管轮。很久以前，爸还是小孩子的时候，爷爷有一个朋友是货轮的管轮，这位朋友非常酷，所以爸就一心憧憬当管轮。

爸并不是因为别人的反对而放弃这个梦想的，而是他很容易晕船，无论如何都没办法习惯。这是真的，像我们全家旅行搭观光船的时候，只有爸一个人铁青着脸。

只是，虽然说起来很难听，不过在说船员坏话的时候，不是常说他们"每个港口都有女人"吗？虽然我不知道这到底是真是假，不过爸虽然没有成为真正的船员，倒是很忠实地实践了这个传闻……

凡是看过我和岛崎第一个故事的读者想必都知道，今年暑假因为这件事，我家闹得鸡飞狗跳。事情过去了，我家目前平安无事，只是目前。这个状态会不会长久持续下去，身为小孩的我就没有把握了。

因为亚纪子命案的负面传闻四起，让工藤同学很烦恼，心里胡思乱想着"会去做那种事，是因为我们家血统的关系吗"。听说这件事的时候，我也一下子就想到爸。想着，是啊，我身上流的血，也和不断出轨搞外遇的爸一样。

爸跟妈并不是一天到晚吵架，有时候感情也是不错的，而且就一般社会水平而言，爸算是中上程度。可是他为什么会去喜欢别的女性呢？这对我而言是个无解的谜，搞不好会是未来形成巨大心灵创伤（很酷吧，这是我在心理学书里看到的）的源头。像现在也是，等我再长大一点，人际关系比现在更广一点，可能会一次喜欢上两位女性，还可能周旋在三个女人中乐昏了头。然后有一天，突然像酒醒了似的想到……原来我跟爸一模一样。有时候我会想，要是这一天到了怎么办?

有一次，我跟岛崎提到这件事。结果他是这么说的：

“不必杞人忧天了。你将来会不会那么有女人缘都还不知道呢。”

感谢你的忠告！哼！

现在的我，满脑子都是工藤同学，完全没有移情别恋的意思。不过，喜欢上工藤同学之后，我觉得我有一点点了解为什么爸会一天到晚搞外遇了。

爸可能是讨厌无聊的生活吧。他不喜欢整个人被工作和家庭包围，不愿意失去外来的刺激。因为这样，才会去“谈恋爱”。就算是外遇，毕竟也是在恋爱。

谈恋爱时，每天都很快乐，充满了玫瑰色的刺激。每次到了学校在教室里看到工藤同学，每次在电话里和她讲话的时候，我都深深有这种感觉。

因此，漫无目的地“寻找白河庭园可疑中年男子的目击证人”，对我来说一点也不痛苦。从早上十点开门一直站到傍晚五点关门，被别人投以异样的眼光，被当作透明人，被冷嘲热讽，我都不以为苦。

另外，工藤、伊达组立刻就到森田家拜访了。拜访本身是进行得很顺利，但事后她俩垂头丧气地说，森田家的人嘴巴还是一样紧。即使提起亚纪子的话题，回答都千篇一律，几乎问不到像是和她比较亲近的朋友名字或常去的店等的线索。工藤同学说，这种感觉就像对墙练习一样。

我们在鲍伯叔叔的汉堡店会合，举行第一次会议和报告。

“森田家养了一条哈士奇。”

“我知道，我在葬礼时就看到了。”

“那条狗叫作凯萨，听说已经养了四年。凯萨和亚纪子姐姐一点都不亲，不但不亲，听说自从亚纪子姐姐很少在家之后，每次姐姐回家，它都会对着姐姐狂叫，管都管不住。”

听了真是令人难过。

“那条狗是从小就养的吧？”岛崎问。

“对呀。是跟育种的人买的，还送去给人家教过。”

“主要是谁在照顾它？”

“森田姨父。每天上班前和晚上睡觉前，姨父都会带它出去散步，一天两次。它跟姨父很亲，非常听姨父的话，简直像听得懂人话似的。”

听到这里，心情就更沉重了。凯萨的行为代表了亚纪子和继父之间的关系。

“听说半年前，亚纪子小姐差点被凯萨咬。”伊达同学说，工藤同学猛点头。

“晚上，姨父带凯萨去散步，回来的时候，亚纪子姐姐也正好回家。那时她好像有一个月没回家了，照她本人的说法，她只是回来拿换洗衣物而已。姐姐想偷偷从厨房后门进去，却被误以为是小偷。”

“所以凯萨才对她叫？”

“嗯。听说亚纪子姐姐很生气，气得脸都绿了。还说‘这什么狗啊！我宰了它’。结果姨父也生气了，最后还大声骂亚纪子姐姐，骂到她哭出来……”

工藤同学两道工整的眉毛垂了下来。

“姨父在跟我说这件事的时候，姨妈看起来好难过。”

岛崎一边把玩着手里的奶昔杯，一边慢慢地问。

“关于这一点，他们家里都没人站在亚纪子小姐那边吗？她妈妈的态度怎么样？就算跟爸爸没有血缘关系，可是妈妈就不一样了吧？”

这件事我也一直很好奇。因为我觉得，母亲和女儿之间的关系是相当强韧的……

工藤同学沉默了一段时间。那时店里播的音乐 *The Dock of the Bay* 正好接近尾声，她像专注地听着音乐一般歪着头，眼神还是望着下方。

我也一边倾听着 Otis Redding 沙哑的歌声，一边望着工藤同学的脸庞。歌声唱着“坐在码头上，一味地虚度时光……”我家邮购的 CD 里有怀念金曲之类的精选辑，妈常放来听，所以 *The Dock of the Bay* 也是我很熟悉的曲子。不过，不管我再怎么听，都觉得这首歌很不可思议。这是弃世的人的歌吗，还是被世间所抛弃的人的歌呢？

“这件事情，我也不敢问姨妈。”

工藤同学在音乐切换的时候，小声地开始说。

“所以，我是听我妈妈说的……”

森田姨妈之所以会以未婚妈妈的身份生下亚纪子，是因为亚纪子生父的父母大力反对他们结婚。

“姨妈当时和对方已经住在一起，他们想方设法说服反对婚事的父母，姨妈才怀了亚纪子姐姐。他们以为只要有了孩子，他生父的父母就不会再反对了。”

可是，他们的如意算盘并不如意，因为对方的母亲知道森田姨妈（当时还是个年轻女孩）怀孕之后，神经严重衰弱，最后还住院了。

“姨妈的对象原本决心和姨妈结婚的，看到这种情况也泄了气吧。夹在母亲和情人中间，筋疲力尽，最后……”

“就和你姨妈分手了。”

“嗯。我妈妈说，姨妈的对象那时才刚大学毕业，很年轻，其实是蛮令人同情的。但我姨妈说想生下孩子，就把亚纪子姐姐生下来了。”

岛崎哼了一声：“对方的母亲为什么那么反对？”

“好像因为他家是有钱人，家里还出了很多学者、法官之类的大人物。而我姨妈家，就是我妈妈这边，只是开小工厂的。塑胶加工厂，做小孩子的玩具。”

伊达同学叹着气：“你不是说亚纪子小姐的生父有来参加葬礼吗？现在好像是在当律师。这是什么世界啊！”

因为是在这种情况下分手的，对方也无法对独自生下孩子的姨妈置之不理。不但提供经济上的援助，也认了这个女儿……

“我姨妈是在亚纪子姐姐两岁时跟森田姨父结婚的，经由亲戚介绍，有点像相亲。我妈妈说，姨妈说她有个拖油瓶，本来想回绝，是森田姨父追求姨妈，后来才在一起的。”

森田姨父是物流公司的司机，工作虽然辛苦，但是和同年代的男性相比，收入相当多，即使一下子成为一个两岁女孩的父亲，经济上也负担得起。工藤同学的妈妈也为这件婚事感到高兴，这样不管是现实生活还是心灵上，姐姐总算能够得到幸福了。

然而，不知道从什么时候开始，他们开始出现摩擦。

“我妈妈是说……”工藤同学像是要把哽在喉咙里的药丸吞下去似的，咽了好几次口水，难以启齿般地继续说，“我姨妈可能还是觉得对不起姨父，觉得有所亏欠，所以态度有时候太过谦卑。例如，姨父上完夜班，白天休息时，如果亚纪子姐姐吵闹，就会被大骂一顿。姨妈经常对亚纪子姐姐说，不可以让爸爸不高兴。”

森田姨妈可能是有“承蒙照顾、承蒙接纳”的心情吧。

“我妈妈说，姨妈以前就对别人太客气，在这时却变成一件坏事。她在家里总是把亚纪子姐姐管得死死的，姐姐小时候或许行得通，后来慢慢长大，就会开始觉得为什么只有自己活得那么委屈，弟弟却可以活得那么自在。所以，姐姐会和森田姨父吵架，每次吵架姨妈就会骂亚纪子姐姐，说都是她不对，怎么可以用那种口气跟爸爸说话，怎么可以忘恩负义。”

这样，亚纪子根本就没有依靠。

“听说亚纪子姐姐每次被姨妈骂，就大声顶嘴说：‘又不是我求你生我的！不要自己把我生下来，又说你们对我有养育之恩！’我妈妈也说，虽然对不起姨妈，但是她能体会亚纪子姐姐生气的心情。”

亚纪子高中辍学，也是在和森田姨父争吵之后说：“念个书也要我感恩戴德，那我就去工作，不用你们出学费了！”绝不是亚纪子在学校引起什么问题。

只是她不怎么爱念书，因而和父母争执不断。

这种事很容易想象。有个女孩子不爱念书，也恨自己不争气，怀疑自己是不是很没用。更糟的是，又有外来的压力——你可要争气一点，上学可是要花钱的，你要好好用功，有时间去原宿玩、听那种音乐、看那种电视，不如去念书。

你是没有资格做那些事的。

我打了个哆嗦，全身起鸡皮疙瘩。

“森田姨父怎么样？”岛崎问，“他是先知道自己要当亚纪子小姐的继父才结婚的啊。”

“他经常说，我对亚纪子和悟——她弟弟叫悟——都一视同仁，”工藤同学回答，“但亚纪子开口闭口就说‘你不是我真正的爸爸’什么的，这世上多的是爸妈和小孩没有血缘却仍然处得很好的家庭，亚纪子却做不到，这是她本性不好。”

我们全都静了下来。该怎么说呢……就像眼前出现了一个典型的恶性循环范例。

“如果我是亚纪子小姐，也一定会逃出去的。”伊达同学冒出一句，“如果家里没有栖身之处，待在里面又怎样，还不如到外面寻找属于自己的地方。”

我也这么认为，即使还没有那种力量，还是不能不逃到外面，不能不想办法自力更生。

有很多艺术家或艺人，甚至是企业家，都是这样来到外面的世界，而且非常成功。只是，没有那种能力和运气的人……又会怎么样呢？

亚纪子的“卖春”，就是其中一个答案。这就是她想自力更生、想找到属于自己天地的结果。

我们这些孩子，都自然地认为爸妈的家就是自己的归属，也将之视为理所当然。因为他们把我们生了下来，我们就在这里，这里就是“家”。

但有时并不是如此。就算确实有栖身之处，但这个栖身之处是别人给的，如果不时时心怀感谢，不对给予的人毕恭毕敬，这个栖身之处就随时都可能被收走。有些人就处在如此担惊受怕的处境下。

亚纪子厌烦了这样的处境，所以她逃离了。如果她不是一个具有这种“外放”能量的人，如果她无法反抗双亲、向外发展，她会变成什么样呢？虽然是想象，但我猜她一定会变成一个完美得可怕的“模范生”吧！

那种从不违抗双亲、永远保持优异的在校成绩、邻居风评极佳、人人称羡的典型好孩子——如果我们家孩子能像亚纪子这么优秀懂事就好了。

可是，让她当这种好孩子的原动力，除了恐惧之外别无他物。看！爸爸妈妈，我这么乖，所以不要把我赶出去。这里是我的栖身之处啊！我会一直当好孩子的，可以让我待在这里吗？可以吗？可以吗？可以吗？……

我呻吟着：“胃好痛。”

“森田姨妈说，”工藤同学以呢喃般的声音说，“亚纪子姐姐会变成这样，全都是她管教不当，全都是她的错。她说自己让丈夫和悟伤心难过，其实已经没有资格待在那个家了。”

岛崎摘下眼镜，从长裤口袋里拿出手帕开始擦镜片。他并不是为刚才的话含泪弄湿了镜片，而是他已经生气，并且正设法压抑怒气。他借由擦镜片这个动作，释放、分散他的怒气。

可是就算擦完镜片，他开口说“换个话题吧”，语气里还是余怒未消。我已经很久没看到岛崎这样了。

“就现实而言，亚纪子小姐的栖身之处在哪里？她离开家之后都待在哪里呢？森田家的人都不知道吗？”

田村警部说过，亚纪子一个月只有四五天住家里，其他时候都跟家人说“住朋友那里”。警部先生也说，要一一找出那些地方并加以确认，是件大工程。

“姨妈好像曾经努力想问出地点，结果还是问不出来。”工藤同学说。

那当然了。就亚纪子来说，她好不容易靠自己的力量保住了一个“栖身之处”，一定宁死都不愿意别人踏进，听他们说“你只会给别人添麻烦，你明明就没有这种资格”。因此她绝对会拼命隐瞒。

如果岛崎以那个中年男子在白河庭园命案现场“看来像在祈祷”这点上所建立的假设没错，那个男子应该是支持亚纪子的，和她的关系也属于正面。因而他有很高的概率，是属于她和她“朋友”的那个圈子，那个她确保来当作归属的地方。

“朋友啊……”伊达同学喃喃地说，“搞不好，那个男人是那个……可能是亚纪子小姐的熟客。”

我们再度陷入沉默。这时我们心里想的事情大概只有一件，而且是同一件。

即使只是一个熟稔的“恩客”，对亚纪子而言，有总比没有好。

而且我可以打赌，杀害她的凶手同样是在他们所属的那个“朋友”圈子里。至于是受到邀请，还是擅自闯入的，就不得而知了。

下个星期天。

我和岛崎又来到白河庭园。现在正好是大家喜欢逛庭园的季节，即使没有收获，我们还是很忙。被问到寻人的理由时，我们述说假故事的技巧也越来越熟练了，其中还有人为我们编的假故事感动，拿了好几张画回家，说要在家附近帮我们问问看。虽然觉得对不起他们，但这实在是令人感动。反正，我们希望能找到与那个男子有关的线索，不管是什么线索都好。

上午，跟上星期一样，都没有消息。虽然一开始我们就知道以这种做法找到线索的希望渺茫，也不期待会有“啊，我认得这个人”，或“我上次来白河庭园时看到他上了一辆车，车牌号码是 ×××”等奇迹般的成果，不过连续三振毕竟令人泄气。

中午，我们决定到白河庭园正门附近一家咖啡店吃午餐。上星期来的时候，我们发现这里的意大利面套餐便宜又好吃。

这家店叫“班比”，由一个三十出头的年轻老板一个人打理。他人很好，上星期我们坐在吧台旁，一边吃蛤蜊意大利面，一边把我们编的故事告诉他时，他的反应比我们预期的还好，说如果我们在他那里放几张画像，他可以帮我们问客人。

所以，这星期我们推开班比的门，看到正面墙上挂的小麦田照片旁贴着人像画，还附了一句“您认识这个人吗”时，并没有太吃惊。但吧台里的老板看到我和岛崎，表情却显得大为惊讶。

“啊啊，你们来了，太好了！”说着，他急忙走过来。

“有人有东西要给你们。”

“有东西要给我们？”

老板用红色围裙下摆擦了擦手，从吧台收款机下面拿出一个薄薄的信封。

“昨天下午有个经过这里的女客人，看到这张素描吓了一大跳。”

我和岛崎异口同声地说：“真的吗？”

“当然是真的。我把事情告诉她之后，她显得更惊讶，说如果你们来了，就把这个交给你们。”

岛崎接过信封。信封没有封口，里面有一张传单之类的东西，对折又对折。

打开一看，就知道这不是“传单之类的东西”，而真的是一张传单，还是电话交友中心的传单。背面空白的地方，以漂亮的女性字体写着：

“我可能知道你们要找的人是谁。方便的话，请跟我联络。”

署名是安西杏子，下面有一个东京都内的电话号码。

“呜哇！”我小声惊呼，“真的中奖了欸！”

可是岛崎却默不作声，不但像石头一样安静，也像石头一样僵硬。我用手肘撞撞他：

“你是怎么了？”

岛崎抬起眼睛，把传单拿到我面前，右手指着传单下面几个女孩子的大头照：“你看。”

“干吗啊？正经八百的。”

这张传单没什么特别，上面是一大堆颜色鲜艳的惊叹号。我家附近的电话亭里也常出现这种传单，上面有插图、有大头照，全都是可爱又有点性感的女孩子。没有什么会让岛崎露出这种恐怖的表情……

可是，一认出岛崎指尖下的东西，我也跟着僵了。连整间店里弥漫的番茄酱汁味道都闻不到。

“让可爱的我们陪你哟！”在开头横写的这一句话下面，是笑容灿烂的女孩子大头照。

是工藤同学。

13

我和岛崎先离开班比，直接朝岛崎家走去。

要打电话给在传单上留言给我们的安西杏子，必须找一个安静的地点，而且不会被别人打扰。我们认为白天开店、家里电话没人用的岛崎家最合适。

另一点就是，我和岛崎——尤其是我——需要时间让头脑冷静下来。从白河庭园到岛崎理发店走路大约三十分钟，这段时间我们默默地走着，我的手里拿着那张传单。

电话交友传单上印着工藤同学露出笑容的照片，这并没有让我内心受到伤害。因为，这一定是哪里搞错了。

就算这样，我还是无法不受到震撼。工藤同学身上到底发生了什么事？或是正在发生什么事？而我，能不能为她出一点力呢？

“你冷静一点。”

走到看得见岛崎理发店招牌的地方，岛崎对我说。

“别看我妈那样，她可是很敏感的。要是你跟她打招呼时样子有一点怪，她就会问你发生了什么事。”

“我知道。你不用担心啦！”

所幸，岛崎理发店忙得不可开交，岛崎妈妈只有在帮客人脸上敷热毛巾时跟我说了声“哎呀，你好”而已。我们穿过店旁边的门，爬上通往岛崎家的阶梯。岛崎家的客厅里有一个老旧的藤沙发，据说是岛崎的奶奶那一代就开始用的。坐在那个沙发上，右边一伸手就是电话。岛崎在沙发上坐下，我则坐在他对面的一把同样老旧的扶手椅上，两人不约而同地做了深呼吸。

岛崎拿起听筒。我按下电话的免持听筒，以便听到他们之间的对话。

铃响了两声，对方就接了。

“我吓了一跳呢，真的。”

这个叫安西杏子的人，口齿清晰且平易近人，声音有一点沙哑，年纪三十五岁左右吧。

“我们也吓了一跳。”岛崎回答，“因为我们没想到，竟然是以这种形式得到回应。”

“一定的吧。”安西小姐以含笑的声音回答，“对不起哦，留那种传单。有没有让你们很丢脸？那家店的老板也很不客气地盯着我看呢。”

的确，班比老板的视线一直在我们和传单之间来回。

“不过，我给那张传单是有特别的意义的。”安西小姐继续说，“你们要找的那个‘恩人’，就跟那张传单有关。”

恩人——想到这个，我看了看岛崎。没错，安西小姐相信了我们编的故事，以为我们是要找当我们被不良少年找碴儿时，拔刀相助的好心大叔。

我提醒他似的看着岛崎，他默默地朝我点头。

“其实，我开的公司是做传单的——先说清楚，不只是电话交友中心的传单——包括制作、派发、邮寄在内，名称叫作安西信息服务公司。”

地址在内神田。

“那张传单上的电话交友中心啊，不是叫作‘天堂’吗？”

一点也没错，店名就叫“天堂”。我的眼光落在传单上，再次看到工藤同学的笑容。

“‘天堂’是我们的客户之一，他们的员工也经常在我们公司出入。他们对传单的要求很多，像是传单的排版什么的，都会一一指示。”

只不过做出来的东西，实在看不出他们做过这种努力。

“不过这不重要，倒是你们关心的那个大叔，他也来过我们这里。”

“是请你们印东西吗？”

对于岛崎的问题，安西小姐立刻做了回应。

“不不不，完全相反。他是来拜托我们，能不能不要发这份传单。当然，不是空口拜托。”

岛崎扶扶眼镜，调整好坐姿。

“你是说……他要私下把那些传单买下来，是这个意思吗？”

“对对对。他希望表面上装作传单已经发出去，瞒着‘天堂’把传单丢掉。他说他会出‘天堂’费用的两倍，请我帮忙。”

我正想开口，岛崎伸手制止了我。安西小姐的声音继续下去。

“遇到这种情形，你会怎么想？”

“我会觉得，这个人可能是照片被刊在上面的女孩子的亲人……”

“对吧，会这么想吧？我也是一下子就想到这个可能性。我想，上面的女孩会不会是他女儿啊？可是，我跟他说，很抱歉，我们没办法答应。‘天堂’是很啰唆的客户，要是传单没发出去的事被他们发现，我们会有麻烦的。”

“‘天堂’对这个也检查得很严吗？”

“不知道。老实说，也许他们不会在意发传单这种小事，可是他们背后有黑社会撑腰……我们公司为了生意自然不在乎那个，但他们的确是很麻烦的客户，因此我才不敢答应那位大叔。”

岛崎缓缓点头。

“那，这位大叔就放弃回家去了吗？”

“他稍微争取了一下，所以我才会把他的脸记得那么清楚。”

安西小姐叹了好大一口气，可能是为了让我们听到，才故意这么叹气的。

“我也是不得已。我想，他一定有个不听话的女儿吧。可是，这种事总不能当着人家的面问。所以我旁敲侧击了一下——旁敲侧击，你知道是什么意思吗？”

“嗯，知道。”

“真聪明。”安西小姐笑了笑，“我问他，你怎么知道这张传单是我们公司印的呢？”

“他怎么说？”

安西小姐把音量压低了一点：“他说，他认识的女孩子被骗，照片被刊在上面，是那个女孩子告诉他的。”

我凝视着传单中露出笑容的工藤同学的眼睛，她对我报以微笑。

这张传单上，刊了三个女孩的大头照。最右边的是工藤同学，不知道照片是什么时候、在哪里拍的，发型和她现在的不太一样，更短一些。脖子明明拍得很清楚，却看不到衣服的领子。她穿着什么衣服呢？

背景也很模糊。印成黑白的粗糙照片，让人不禁心情焦躁。

中间的女孩子，感觉年纪比工藤同学大一点，留着直直的长发，系着宽宽的发带。脖颈处可以看到一点点白色领子。整体给人一种好人家千金的感觉。

左边的女孩子笑得很开心。留着一头短发，显得非常活泼可爱，年纪跟工藤同学差不多。不过，耳垂上有个类似耳环的东西。

三个女孩，三种笑容。

如果安西小姐的话是真的，白河庭园的中年男子便认识这三人中的某人，还为了她的照片被刊登在传单上而伤心。

不对，我在心里更正。

是三人中的两人，工藤同学跟他无关。因为她在白河庭园遇到那个男子时，不是清楚表示她“不认识”那个人了吗？

工藤同学不认识的人，不可能会为了她这么做。那个男人应该是其他两人——不是千金小姐就是戴耳环的——的朋友或亲人吧。

我再一次凝视那三张脸，越看越觉得她们明朗真诚的笑容，就像在为安西小姐说的话背书。不，正确说来，是为了安西小姐从那个中年男子那里听来的话背书。

受骗，照片被刊登在传单上……

对，没错。这三个女孩子，跟“天堂”半点关系都没有。

岛崎抢先我的心一步，问安西小姐：“那位大叔是说‘受骗被刊登在上面’，不是说‘擅自’或‘未经同意’吗？”

安西小姐“嗯”了一声：“不知道欸。我想他应该是说‘受骗被刊登在上面’，不过，这种说法，也把你刚才说的那些意思包含在里面了吧？”

“说得也是。”

“说到这个，那些照片并不是为了传单特地拍的，很像是学生证上的大头照吧？也很像是从照片上切下来的。因为只有脸部的特写，不管什么照片都可以拿来用。”

安西小姐很仔细地为我们说明，她大概也了解我们刚才说那些话的用意了。她顿了一下，以辩解的口吻说：

“做传单时，我们只是把对方提供的材料拿来使用，不会想那么多。”

岛崎没有附和安西小姐的辩护。先不管他表情如何，他还是用一样开朗的声音继续说：

“真令人吓一跳。既然这样，那位大叔就没有留下姓名吧？”

“是啊，很遗憾。我也没有追问。”

“那是什么时候的事呢？”

“你说大叔来的那天吗？”

“是的。是最近的事吗？”

令人讶异的是，安西小姐是这么回答的：“不是有个女孩子在白河庭园被杀了吗？就在那件命案之后两三天。他不是客人，所以我没有做记录，不过我们公司那时正被那件命案弄得鸡飞狗跳，我想应该不会错。”

我和岛崎对看。我是因为听到亚纪子的命案，才反射性地这么做，但岛崎看我的眼神是有意义的。

他这么问：“哦？那么，安西小姐认识那个遇害的女生啰？”

“嗯，认识啊。”

听到安西小姐的回答，我眼珠差点没掉出来，然后真想猛踹自己的头几下。

我应该一开始就想到，安西小姐跟亚纪子之间一定有什么关联。难道不是吗？否则这阵子安西小姐也不会在白河庭园附近晃来晃去了。

正因为这样，岛崎才会转过头来看我，给我暗号。可是我这个人，脑袋却完全没有想到那边。

“我对她还知道得蛮多的，那个姓森田的女生。”

安西小姐的声音变低了。一提到过世的人，大家都会这样。

“那个女孩经常来我们这里。”

“为什么？”

“工作的关系，她是‘天堂’的干部。我刚才不是说过吗？‘天堂’对传单的编排要求很多，而这些事都是她在处理的。电视和周刊都把她说成是受雇于‘公司’的妓女，其实不只是这样，她也有身为干部的一面。”

话说完之后，安西小姐才想到我们跟那件命案没有任何关联——至少她是这么认为的。

“哎呀，真讨厌。我在说些什么呀，这些跟你们又没有关系。”

岛崎很机警：“因为是很轰动的命案，我们这阵子也动不动就提到这个命案呢。”

“是吗……说得也是，在老街当中发生那种事嘛。”

电话的另一头传来咔嚓的声响，好像是安西小姐用打火机点了烟。

“你是因为认识那个遇害的女孩，昨天才会到白河庭园去的吗？”岛崎问。

“是的。”安西小姐一边发出吐烟的气息，一边回答，“好歹也是共过事的人嘛。其实命案发生没多久，我就去过白河庭园了，带着花去的。只不过那时现场还在搜证调查，不能进去。”

“这样啊……”

“不知道为什么，就是会想过去，心里也会东想西想的。”

安西小姐好像忘了自己讲话的对象是初中生。这种事岛崎最在行了。打电话看不见对方的脸，我想就算跟他讲话的是辅导老师，他也有本事套出对方的私事。

“她还那么年轻，就死得那么惨……我虽然觉得她很可怜，可是，她就像是会不得好死的女孩子。应该是说，她那种女孩，如果不是那样送命，就会去杀人，两种其中一种。”

岛崎没说话，伸手去扶眼镜边，眉头稍微皱了一下。

“她是个很可怕的女孩子。”安西小姐说。

听到她这句话，我心想，她提起亚纪子时之所以会把声音压低，可能不只是悼念故人的缘故。

即使是现在，安西小姐还是害怕亚纪子。就连亚纪子死后，她还是不敢大声说她的坏话……

“那样的女孩我也是第一次遇到。她给人的感觉，就是你真的不知道她会做出什么事来。”

安西小姐自言自语似的说了这些之后，突然又记起自己是个大人了，连忙说：

“不过，这些都跟你们没有关系，随便聊聊而已。但是，你可不可以答应我一件事？”

“什么事？”

“就像我刚才讲的，‘天堂’是个很可怕的地方。你也在报纸上看过吧？那女孩会被杀，好像也是因为他们起内讧。”

“你是说‘公司’这个组织吗？”

“对，就是那个，就是‘公司’。‘天堂’也是‘公司’开的。”

“好可怕。如果周刊报道的都是真的的话，真的很恐怖。”

对于以天真无邪的语气这么说的岛崎，安西小姐的回答很直接：

“不是如果，那些几乎全是真的。所以，你们别再找那个见义勇为的恩人叔叔了。”

岛崎睁着眼说瞎话：“为什么？我们跟那件命案又没关系。”

“就算没关系也一样。”

安西小姐是认真的。

“你们会在白河庭园遇到那个大叔，完全只是巧合；但那个大叔会在白河庭园，却不是巧合。我想，他一定跟命案有什么关联。他来我们这里的时候，表情真的很认真。我心里还想，但愿他不会跟‘天堂’——不对，是跟‘公司’有什么麻烦才好。”

“哦，原来是这个意思啊……”

“没错。这可不是闹着玩的。所以我才会急着跟你们联络啊。你们要找这个好心的大叔，却可能替自己找到一些天大的麻烦，知道吗？”

“你是说，我们也有可能会被‘公司’盯上吗？”

“具体的情况我并不清楚……可是，又不知道你们那个好心的大叔会对‘公司’做出什么事。”

“哦，这倒是真的。”

“你还‘哦’呢！小孩子不要装大人。”

安西小姐这时已经完全成了一个爱操心的啰唆大婶了。

“知道吗？把那个大叔的事忘掉。如果你们无论如何都要找到他，向他道谢的话，就过一阵子再找。”

“过一阵子？”

“暂时不要乱来，不久警察就会对‘公司’采取行动了。”

的确，报纸和周刊上也写着，警察已经开始着手扫荡“公司”了。

“警方好像秘密出动不少人手，很快就会有结果。知道了吗？从这点来看，白河庭园的那件命案也算是制造了一个很好的契机。”

知道吗？拜托你们，要答应我——再三交代之后，安西杏子总算挂掉电话。放下听筒之后，有好一段时间，岛崎叉着手放在脑后，仰头猛看天花板。

“真是个亲切的阿姨。”

我向岛崎搭话，他还是瞪着天花板，小声地冒出一句。

“亲切的人很多。”

“嗯。”

“可是，这些亲切的人，却是靠着帮‘天堂’做传单讨生活的。”

“……嗯。”

“然后，一直到最后警察出动之前，都没有采取任何行动，眼睁睁地看着‘天堂’——看着‘公司’欺压年轻女孩。”

我在心里找话说。像岛崎一样，凝视天花板。

可是，那里并没有答案。

“每个人都必须生活啊。”岛崎诵经似的加上抑扬顿挫，小声地说。

“为了生活，不得不做各种事。”

“对啊。”

“我爸和我妈啊，”岛崎转过头来看我，“一直是靠帮别人剃头来赚钱过日子，也靠这个来养我。”

“店里今天也客满了，不是吗？”

“老老实实、勤勤劳劳地工作。可是啊，也许这样算是运气好。”

“什么意思？”

“意思是说，因为运气好，光靠帮别人剃头这种正当工作就可以生活。要是有个闪失，有哪个环节错了一步，搞不好就只能直接或间接地帮忙‘公司’之类的地方才能赚钱，不是吗？”

我仔细地观察岛崎，看他似乎没有自暴自弃的样子才放心。

“你还是别想了。一直想这些，不到二十岁就会满头白发的。”

“很有可能。”岛崎点点头，“我有个叔叔，喝醉了就吵着‘好想出家’。我越来越能体会他的心情了。”

“和尚也是要赚钱的。我奶奶死的时候，光是取戒名就被敲了一笔。”

嘿嘿！岛崎发出声音笑了：“说得也是，反正都一样。大家都有经可念，尤其是冷眼旁观却又有点内疚的时候。”

“什么经？”

“这是为了生活，这是为了生活……”

岛崎又故意抑扬顿挫地说了起来。

“好了，别再想那么多了。安西小姐是个很亲切的阿姨，多亏了她，我们才得到了一些消息。”

岛崎眼睛盯着传单不放，说：“把工藤同学的照片刊在这里的，是亚纪子吧。”

这是岛崎第一次提起亚纪子却没加“小姐”。

“应该是吧。就算她跟工藤同学没有来往，但她妈妈会在工藤同学家出入，要拿到一张照片有的是机会。”

“关于这一点，我们来问问工藤同学。”

我吓了一跳。岛崎立刻接着说：“当然是不动声色地问。这张传单的事，我不会跟工藤同学说的。跟安西小姐有关的那些，我们自己知道就好。”

“谢谢。”

话出口之后，我不禁脸红了。我又没有道谢的理由。

“不管怎么样，我们并没有找到可以查出这个男人身份的线索。就照安西小姐说的，稍微看看状况吧。既然跟‘公司’有往来的安西小姐这么说，或许警察很快就会把‘公司’的底细摸清楚了。”

“我也这么想。”

岛崎伸手拿起传单。

“如果是这样，这张传单的事最好也跟田村警部说一下。他应该会帮我们妥善处理。”

就我个人而言，我巴不得请警部先生把这些传单一张不剩地找出来，全部亲手烧掉。然后把看了这个之后产生邪念的家伙全找出来，把他们的眼珠挖掉……

这时，岛崎突然从沙发上坐起来，用力地摘下眼镜。

“怎么了？”

我出声叫他，他却没有回答，手上抓着传单，眼睛直瞪着它。

我又叫了他一次，没反应。再叫一次，这次他眼珠总算转过来看我了。

“干吗？”

“你还问我干吗，你是怎么了？”

直盯着我的岛崎的眼睛，仿佛突然变成撞球般的坚硬物体。

“没什么。”他说，然后慢慢戴上眼镜。

“怎么可能没什么，你明明就很怪。”

“我一直看着传单，结果觉得照片上的女生好像在对我笑。”

“哪可能啊！”

“一定是因为光线的关系。”岛崎笑了，“对了，我们今天发现了新的事实。”

“新的事实？”

“安西小姐是第一个以‘可怕’来形容森田亚纪子的人。”

“她是第一个说出口的。”

工藤同学一定也很怕她吧。而且，森田家养的狗，凯萨也一样。

因为狗这种生物，能够看穿人的本性。

我们跟工藤同学确认，她最近拍的照片有没有被森田家哪个人拿走的可能性，结果却出乎意料地简单。当然，可能是岛崎的问法很高明。她很快就告诉我们，今年过年森田姨妈来工藤家拜访时曾经一起拍照，后来她有把照片寄给姨妈。

拍那张照片的时候，工藤同学穿着大翻领的毛衣，头发也比现在短，跟那张传单上的照片完全吻合。这样，就解决了一个问题。

亚纪子把工藤同学的照片带走，擅自放在那张传单上。她所工作的“天堂”——照安西小姐的说法，她在里面还是干部——为了吸引那些热爱幼女的客人，应该不会反对使用这种欺诈的手段吧。

但是，亚纪子故意使用工藤同学的照片其中所蕴含的恶意，浓得让我觉得不舒服。

初中女生的照片到处都弄得到吧。譬如说偷拍，当然这也是一种很要不得的方法，但是偷拍一下就有了。她却特地拿表妹的照片来用，加上醒目的“让我们陪你哟”的句子……

这种做法，和工藤同学向我们形容的亚纪子，吻合到甚至令人感到不快。

亚纪子对于和自己全然不同、过着优渥生活的工藤同学，一定是极为痛恨吧，才会想向工藤同学敲诈、拿她的照片来用。如果当初她邀工藤同学去看Jitterin'Jinn的演唱会时，工藤同学一时大意跟着她去，会有什么后果？亚纪子有什么企图，会准备什么恶意的陷阱等着她？

一想到这里，我就睡不着。要是往坏的方面想，再可怕的事都想得出来。

为了演唱会出门的工藤同学，可能会被介绍给号称是亚纪子“朋友”的“客人”。那个“客人”非常喜欢初中女生，而且事先亚纪子就告诉他，今晚陪他的不是她自己，而是等一下会来的十三岁表妹……

为了阻止自己想这些事，我不得不经常大声对自己说：

“工藤同学已经没事了，已经不用怕了！陷害她的万恶根源已经死了！”

我心里甚至开始对杀死森田亚纪子的凶手产生感激之情。

然后，我突然想到。

在白河庭园看到的那个男子，想要把传单买下回收的那个男子，会不会就是杀死亚纪子的凶手呢？他会在白河庭园祈祷，会不会是在向他自己亲手加害的被害人道歉呢？

他们两人之间有什么关联我不知道，但这是有可能的。而且，可能性很高。

我把这件事告诉岛崎，他什么都没说。不过，我从他的沉默当中，感觉到肯定的成分。

下一个星期天，我们在报纸的社会版上看到警方破获名为“公司”的大规模少女卖春组织，并逮捕大群涉案者的大幅报道。

14

看了报纸之后，我们打了好几次电话给田村警部，果然不出所料，警部先生现在实在没空理我们。不过，有一次豪放女小姐来接电话。

“你们大概很担心吧。不过，已经不要紧了。可不可以再等半个月呢？我想到时候，田村警部就会详细解释给你们听了。怎么样？大家都好吗？”

“很好。不过，请不要问我们有没有好好念书，也别提醒我说期中考快到了。”

豪放女小姐啊哈哈地笑了。

“我来炫耀一下我的丰功伟绩好了。我啊，念高中时，物理考过三分，化学也考过四分，当然满分是一百分。很厉害吧？想考这种分数还考不到呢！像我这样，还有资格管你们念书吗？”

挂了电话之后，我和岛崎热烈讨论起来，结论是物理考三分，大概是有一个半对，可是化学考四分，到底是怎么计分的呢？

“依常识推论，应该是一个半对的三分，再加上一分，可是这一分是针对什么而加的呢？”岛崎对这个问题非常感兴趣。

在等待警部先生联络的那段时间，我们完全不理会报纸、新闻和唯恐天下不乱的八卦节目对“公司”的报道，四个人认真地过自己的初中生活。之所以如此，是因为有些报道暗示森田亚纪子命案和这次破获的“公司”之间有所关联，因而班上一部分同学对工藤同学的白眼攻击又复活了。不过，我们认为要对抗这一类的恶意作弄和谣言，最好是对命案采取彻底无视的态度，而我们对工藤同学最有力的帮助，就是跟着她一起对这一切视而不见。

这期间，我参加了第一场队内赛。由一年级学生组成的新人队和二年级组成的正规队比赛。我们当然不可能跟学长们抗衡，正规队便抽掉了一个前锋、一个中锋跟我们比，而我们从头到尾都是全员齐上，结果还是以四比〇惨败。我们有一个队员说得对：

“学长他们应该要连守门员一起抽掉才对！”

还有，我的位置是中锋。下半场打到一半就累得半死，整个人完全虚脱，脚也不听使唤，后来被教练骂到臭头。

岛崎则是为了将棋社于期末考后与其他学校举行的例行友谊锦标赛做准备，每天对着将棋盘沉默思考。有一次假日我去他家玩，他说羽生名人上某个电视脱口秀，便聚精会神地看那个节目的录像带。我说他“满脑子都是将棋”，结果他很干脆地回答：“因为今年的锦标赛无论如何都想赢。”口气跟平常一样，可是岛崎会在意胜负是很难得的事，我还是有点惊讶。

“你不是说，你不是为了输赢才下将棋的吗？”

“是啊。不过，偶一为之又有何妨？”

伊达同学还是迈开她那双长腿，纵横篮球场。我曾经在放学后，看到她刚洗完脸，脖子上挂着毛巾，一张脸又亮又滑地站在美术教室前面和桥口说话。远看也知道他们气氛很好，我就迅速在走廊右转，不去打扰他们。不知道他们在聊些什么，不过，伊达同学开朗的笑声，还是追上了下楼梯的我。那笑声好像在帮我背上挠痒似的，非常舒服。

当然，工藤同学是最没精神的一个。和上次因为亚纪子的过去被爆料所引起的不愉快骚动相比，这次消沉的程度更严重。她有好几天请假没来上学，每次伊达同学都会带着上课笔记去她家。有时第二天早上，伊达同学会沉着一张脸说：

“昨天我没见到小久，我把笔记交给她妈妈就走了。”

“不知道工藤同学怎么样了？”

“我去的那时候好像在睡，身体好像也不太舒服，不知道是不是太累了。”

伊达同学显得有点不高兴。

“听小久的妈妈说，到现在警察还是常常去找她问话。你也知道，小久不是有接到亚纪子小姐的电话吗？我想一定是那件事。你不觉得警察很烦吗？”

“那是他们的工作啊。”我嘴上虽然这样安抚她，其实心里也有点生气。对一个十三岁的女孩子，有必要做到这种程度吗？

工藤同学来上课时，我会故意做出一些蠢事，努力逗她笑。工藤同学会抱着肚子笑，大多数时候，眼里都含着泪。我决定把那些眼泪当作是太好笑，笑出来的。

相对地，岛崎就不太跟她接触了，我认为这是岛崎对我的体贴。现在就连对命案只有一般认识的同班同学，也都知道我对工藤同学有意思，她跟我在一起的时候也显得很开心。这么一来，岛崎的反应应该算是“电灯泡自动消失”了吧。

深夜里望着天花板，我常常会想：

“真叫人不敢相信。”

岛崎喜欢工藤同学，我也喜欢工藤同学，但工藤同学却选择了我——至少现在看起来是这样。

天底下真的会有这种事吗？我竟然赢了岛崎。

因为实在太不可思议，有一次，虽然只有这么一次，午休时跟伊达同学聊天的时候，她对我说：“要不要找个时间约小久出去玩？我想你应该可以找她出去约会了。”

于是，我忍不住小声吐出一句：“你觉得我真的可以吗？”

结果伊达同学眼睛睁得好圆。她那张晒黑的脸上，清澈的眼白——这种称赞好像很奇怪——一瞬间皎洁得令人心动。

“你为什么会这么想？小久跟你在一起的时候不是很开心吗？”

“是没错，可是像我这种人……”

“像你这种人，你是在跟谁比？”伊达同学一下子就切中要害，“岛崎吗？”

我没说话。

“太奇怪了。这样比较，对小久和岛崎都是很没礼貌的。”

是啊，伊达同学说得的确没错。但我心里却想着：

可是，伊达同学，如果是你呢？如果你和工藤同学喜欢上同一个男生，那个男生没有选工藤同学却选了你，难道你不会跟我有同样的心情吗？只不过我没说出口。我说的是：“伊达同学，桥口有没有跟你说过‘你的眼白真漂亮’？”

在伊达同学拿板擦丢我之前，我就先闪了。

期中考结束之后，我们正想稍事喘息，田村警部正好就有了消息。看样子他好像爱上了鲍伯叔叔的店的口味，说要在那里碰面。

我理所当然地以为是我们四个人一起去，结果警部先生说，他们已经跟工藤同学讲过了，叫我跟岛崎、伊达去就好。

“那件事工藤同学已经不想再听了吧。”

所以星期六傍晚，我们就在鲍伯叔叔的店集合。警部先生和豪放女小姐已经到了，两个人正在大嚼大汉堡。一看到我们，豪放女小姐挥着沾满番茄酱的手招呼我们。

“血淋淋的餐桌。”

岛崎朝着滴满番茄酱的餐桌看了一眼，这么说。

“这个实在很难不吃得满桌都是。”豪放女小姐说。

“你们也赶快点东西吧。”警部先生说，“我们要说的可不是什么下饭的话题。”

我们把汉堡塞进肚里，把桌面整理干净之后，警部先生点起一根 hi-lite 香烟开口说。

“明天的新闻应该会公布杀害森田亚纪子的嫌犯姓名，就像一般人猜测的，嫌犯是‘公司’的一员，算是亚纪子同事。”

我们一起注视着警部先生。

“大约两小时前开过记者会，晚报大概今晚就会刊出来，明天的报纸应该也会报道。我接下来要跟你们说的话，有九成跟报道的内容一样。剩下的一成，是我私下要跟你们说的。我是为了说那一成，才把你们找来这里的。”

警部先生先从那九成的部分开始说起。

“关键所在的少女卖春组织‘公司’，大约从两年前开始，警视厅就知道他们的存在，也展开了秘密调查。调查的开端是某件命案。”

“命案？”

原来除了亚纪子之外，还有人因为“公司”的纠纷被杀。

“前年春天，昭岛市的一所公寓里，有一名二十七岁的男性上班族，头部侧面遭手枪枪击而亡。因为是枪杀，在当时造成不小的轰动，你们记得吗？”

不记得，连岛崎都摇头。

“这是桩奇异的命案。被害人在昭岛市内的汽车经销公司跑业务，业绩中等，人际关系没有特别复杂，生活也很平淡。他的车是通过公司买的丰田，那时车子已经买了五年。连我都怀疑，这年头在汽车经销公司上班的年轻人，真的会有人开着旧型的丰田到处跑吗？实际上，他的车也成为公司同事取笑的对象，听说前辈劝过他，说喜欢丰田没关系，至少也该开辆新车，因为他们好歹也是卖车的。”

警部先生喝了一口冰水，呼地叹了一口气。

“可是，这个年轻人在他的薪水账户银行租了一个保险箱。打开一看，里面有好几本存折，里头记载的定存金额加起来有一亿多日元，连我们也大吃一惊。”

“他有别的收入来源吧。”岛崎说，“他就是为了这个被杀的？”

警部先生点头：“他是双手被缚在背后，跪在地上，头部中弹死的。这是恐怖分子和一部分帮派偏爱的处刑方式。犯案的手枪是改造过的托卡列夫。这个你们知道吗？是以前苏联制造的手枪，日本主要是走私进来的。在黑道帮派中，是一款相当普遍的手枪。”

所以呢……警部先生继续下去。

“这个看似平凡上班族的被害人，与黑道有某种关联，因为这样惹祸上身，而被处死了。从保险箱来判断，他可能在某个帮派里担任类似‘会计’的工作。所以，一开始我们是由这条线展开调查的，但是不管怎么查，就是查不出其中的关联性。警视厅的侦查四课，就是专门对付黑道帮派的课，手上所知的帮派没有一个跟这个被害人有关。虽然令人难以置信，但是就与帮派的关系而言，这个被害人是完全清白的。于是，我想……”

警部先生大大的鼻翼不停抽动。

“这个被害人，会不会是属于警方还没有掌握到的不明帮派，然后在那里担任‘会计’？会不会是那个帮派和现存的帮派之间发生利害冲突，结果让他被处刑了呢？”

岛崎一边把眼镜框往上推，一边缓缓地说：“而那个不明帮派，就是‘公司’吗？”

“就是这样。”警部先生说。

“要掌握‘公司’存在的实证，需要毅力。其实并不是他们隐身的方式很巧妙，而是这个‘公司’本身……该怎么说呢？对，就像绦虫一样。”

伊达同学露出很恶心的表情：“那是什么？”

“你们这年代的小孩大概不太清楚，以前倒是很常见。那是寄生虫的一种，住在动物的肠子里，抢夺寄主身上的养分来成长、繁殖。”

豪放女小姐以手抚胸，开玩笑地发出“呜呕”的声音：“警部，这样就够了，别再讲下去了！”

警部先生擦了擦他的人中：

“然后，‘公司’这个帮派呢，采取悄悄潜入现有帮派资金来源的卖春组织或特种行业中，利用他们的顾客网，以寄主不会发现的方式，吸取那里应有的收益。但这种做法是没办法持久的，后来露出马脚，‘公司’的主要干部之一被杀，这就是昭岛市枪杀案的始末。”

“莽撞是莽撞了点，不过要在短期内赚上一票，这办法倒是挺不错的。”

岛崎自言自语地低声说着，被警部先生狠狠瞪了一眼。

“你可别给我有样学样。”

“怎么可能？”岛崎笑了。

“事实上，‘公司’是由五个男人一手创造的，他们都是相当优秀的青年，年龄都是二十五六岁。每个都在正当的公司上班，学历也很高，彼此之间是通过计算机来联络，真是恐怖哪。”

豪放女小姐压低声音说：“警部到现在还不会用电脑打字，每次想把外线电话转到别的部门，都会把电话切掉，因为他不记得怎么按。”

“啰唆。”警部先生说，“对我来说那实在很难理解。现在他们几个被警方扣押——死了一个，所以是四个——问他们的结果，听说当初真的只是以半游戏的心态创立‘公司’的。他们其中一个很喜欢玩电话交友，另外两个则是计算机狂，他们每个都既年轻又有能力，收入却很低，想要钱。当初是想如果嗜好能够用来赚钱，不是一举两得吗？才去找几个在电话交友认识的少女。”

“我不懂。”伊达同学突然冒出一句。

“不懂什么？”

“卖春女孩的心情。”

“你这辈子都不必懂。”警部先生说，“那是与你无关的世界。”

伊达同学没作声。即使是与自己无关的世界，也会忍不住想知道、想了解啊！很遗憾的是，我想警部先生并不了解我们这种心情。

“这种事不值得佩服，”警部先生以严肃的表情继续说，“但我认为正因为‘公司’的出发点这么单纯，才能够经营得下去。他们把挖角来的女孩子当作同伴，几乎一视同仁，听取她们的意见作为参考，以赚取更多的收益、建立更好的制度。我觉得这一招实在高明。伊达同学所无法理解的那些卖春的女孩子，大多被家庭、学校排挤，无处可去。她们在接触‘公司’之后，才第一次遇到想征求她们意见、尊重她们意见的人，要是带来不错的成果，还能得到相当的报酬和评价。这么一来，用‘成就感’来形容可能有点怪，她们的确会有这种感觉。也难怪‘公司’的收益会急速成长。”警部先生发出嗯嗯几声感叹之后，“如果这不是卖春就好了。真的很可惜，实在是太可惜了。”

无视于沉浸在感伤中的警部先生，岛崎说：“可是，既然‘公司’经营得这么好，为什么身为其中一员的森田亚纪子会遭到杀害呢？”

“别这么性急，我话还没说完呢！”警部先生苦笑，“像这样，经营得很顺利、很愉快的‘公司’，性质之所以会发生变化，关键就在刚才讲的那个昭岛市命案。原本一直以单纯的方式经营‘公司’的几个人，遇到这种情况必须做出选择，看是要把‘公司’收起来，回去过平常人的生活，还是让‘公司’具有足以与黑道抗衡的力量。”

他们选择了后者。

“他们不想眼睁睁地放弃丰厚的收益吧，可能也不想舍弃与女孩子们同舟共济的感觉。但是，这是一个关键性的错误，而且他们还犯了另一个致命的错误。他们为了保护自己不受别的黑道攻击，找了一个以新宿为地盘的小帮派联手。意思是以毒攻毒——说得更直白一点，可能就当作帮‘公司’请了保镖。但黑道可不是这么好对付的，鸠占鹊巢的戏码立刻上演。于是，‘公司’的性质就此发生了大转变，变得跟其他卖春组织没什么两样，成为充满威胁和强制的高度压榨机器。

“当然，很多女孩子都想逃走，这也不是容易的事。大多数女孩子都被‘公司’拦下，被迫在与以前截然不同的环境中工作。也有女孩子不死心，试图逃亡。这些女孩的下场就是……”

我脱口而出：“被杀吗？”

警部先生重重地点头：“去年夏天，在北区赤羽的大众西餐厅停车场，发生了十六岁的无业少女在车里被烧死的命案。这个案子差点就成了悬案。直到这次的调查行动才查出来，是‘公司’为了阻止女孩逃亡而杀人灭口。”

其他类似的命案、失踪案件可能还有好几件，警方紧急展开搜证调查。

“‘公司’的新领导人完全占领‘公司’，另外，他们也在某种程度上采用了创立成员的手法。只不过，是以他们的做法来执行。”

警部先生身子稍微前倾，眉毛一扬，问我们：

“你们知道‘假饵’吗？”

我和伊达同学对看。岛崎说：“是路亚钓法里用的东西吧？做得很像鱼饵的钓钩。”

“没错。说起来，应该算是诱饵吧。”

“这有什么不对吗？”

“新生的‘公司’为了挖掘——或说猎取新的女孩子，用的便是‘假饵’策略。”

我们说不出话来。

“让好几个原本就在‘公司’里的女孩子当诱饵，找新的女孩子来。从这个角度来说，其实说是香鱼友钓法会更贴切。做些好玩的事，就有钱轻松入袋，只要和看上眼的对象约会两三个小时就可以了——她们大概是用这种说法来拉人的吧。‘公司’要这些假饵渗透进各处的电话交友和特种行业里，或是更直接地，叫她们在原宿或涩谷附近，找一些半夜还在路上游荡的女孩子。”

“对不起。”豪放女小姐对伊达同学说，“这种事真是既可怕又恶心。”

“只剩一点点了。”警部先生说，“当假饵的女孩子不但收入比一般女孩高，待遇也比较好，也就是类似员工的待遇。据说这些假饵女孩里头，有些会提出更有效的挖角方法，有些会进行各种实验，就新生的‘公司’而言，她们的存在也是有利可图的。”

“为什么……为什么要做这么过分的事……”

对于伊达同学的低语，警部先生以稍微柔和的语气说：“她们大概不认为这是很过分的事吧，因为她们心里没有余力想到这些。在以前的‘公司’里，她们已经体验到意见受到重视的快乐和喜悦，她们不想失去这种社会性的反馈，不管用的是什么样的形式。她们满脑子大概只想得到这一点。”

“虽然是很不正常的。”豪放女小姐说。

我想起帮“天堂”印传单的安西小姐的话，她说亚纪子是“天堂”的员工……

“森田亚纪子是假饵女孩吧？”

警部先生对岛崎这个问题默默点头。

“而她选择的挖角对象，就是你们的朋友，也就是她的表妹工藤同学。”

“可是小久是普通的女孩啊！”

伊达同学以大得吓人的声音说。

“她受到爸爸妈妈的疼爱，有很多朋友，是个普通的初中生！为什么她非找小久不可呢？”

警部先生和豪放女小姐沉默了好一会儿。后来，豪放女小姐轻轻抚着伊达同学的手说：

“我想，是因为忌妒吧。”

“忌妒……”

“她大概是对工藤同学的幸福忌妒得不得了，便设法让她也陷入和自己一样的处境。森田亚纪子自己也很清楚，就算她是假饵、是干部，但她离幸福还是很遥远的。”

可是，她却无法脱离那个地方。为什么就只有我？为什么这么不公平？——她是这么想的吗？

豪放女小姐轻轻干咳了几声，很难开口似的瞄了警部先生一眼，又看了看我们，才说：

“关于工藤同学，希望你们不要怪她……”

“怪她？为什么？”

“其实，她之前对我们，说起来，算是那个……对我们说谎。”

伊达同学靠过来：“说谎？”

“工藤同学以前跟我们——也就是跟你们说的时候，说亚纪子只打了两次电话给她。但是，其实她们之间的接触更频繁。而且，不只是跟她借钱而已，还约她出去玩，要帮她介绍朋友，什么借口都搬出来。”

我的背后爬过一阵战栗：“真的吗？”

“嗯。工藤同学说，因为她很怕，每次都拼命推托。只有一次亚纪子趁她爸妈不在家时来找她，硬缠着她，要她一起去买东西，她们就一起到新宿去了。其实是在调查森田亚纪子的人际关系时，我们的调查员获得了亚纪子曾跟一个可爱的女孩子走在街上的情报。调查的结果是，那个可爱女孩的模样跟工藤同学一模一样，所以我们才知道。”

难怪工藤同学的妈妈会唉声叹气地说，警察到现在都还上门，也难怪这阵子工藤同学会越来越消沉。

独自一个人承受，不敢把原因告诉我们——告诉我。

我感到有点落寞，就像冷风漏进来一样，心里一阵凉意。

“工藤同学说，如果把这件事告诉我们，她一定会受到很多调查，她很害怕，所以上次出来的时候才不敢说。她觉得很抱歉。”

“这么说，工藤同学之前的处境是很危险的了。”岛崎说。听到这句话，我才从自己的感伤中清醒过来。

我全身的骨头从里面开始颤抖。因为恐怖，也因为愤怒。这种感情，是绝对无法从身体里发泄出去的吧。封在体内，即使有平息的一天，也无法从体内驱离吧。

“当我们搜查‘天堂’这家与‘公司’有关的电话交友俱乐部时，找到各种不同种类的传单。其中一份上面刊出了工藤同学的照片。当然，这是亚纪子搞的鬼。照片大概是她设法带去的吧。”

这对我和岛崎来说是已知的消息，本想等警方破获“公司”之后再告诉警部先生的，看来没有这个必要了。我和岛崎稍微交换了一下眼神。

伊达同学终于哭了出来。

“不能原谅！绝对、绝对不能原谅！”

“这就是只能告诉你们的那一成。”警部先生说，“工藤同学遭遇了可怕的经历，跟‘公司’扯上关系是一件，我们警方的调查让她烦恼也是一件。要是哪里出了差错，也许她以后会不敢再相信别人。希望你们这些朋友能够好好支持她，拜托了。”

警部先生深深低下他头发稀疏的头。

“最后一件事，杀害森田亚纪子的嫌犯名叫钿山稔，是个二十一岁的青年。他本来是在‘天堂’打工，似乎是通过亚纪子才和‘公司’扯上关系的，和她私人的关系好像很亲密。”

“这个人杀了她？”

“详细情形现在还不知道。但是，我想钿山可能是慢慢了解‘公司’的内情后，越来越害怕。根据‘公司’某个跟他有来往的青年证实，钿山曾悄悄计划洗手不干。或许他个人希望亚纪子也跟他一起走，可能因为这样起了争执吧，搞不好亚纪子责备他，威胁他要去告密也说不定。”

我的手臂上起了鸡皮疙瘩。

“钿山在‘公司’里做什么工作？”岛崎提出问题。

“他是最低阶的。不过因为跟亚纪子很亲近，好像也帮过她的假饵工作的忙。是不是心甘情愿的，就不得而知了。”

“那么，那天钿山是跟森田亚纪子两个人在白河庭园，然后在那里杀了她啰？”

“有这个可能。”

“他们为什么会在那里呢？”

“为了见工藤同学吧，她应该知道工藤同学会跟家人去看灯笼。她可能是判断，如果假装偶然遇见工藤同学并且绊住她，和男朋友一起比自己单独一人方便。亚纪子大概认为这是个接近工藤家的好办法。”

“这么说，钿山一直等着逃离亚纪子，他认为那一晚是个好机会，就刺杀了她——这样推理应该没错吧？”

“没错。我们搜查钿山的公寓，并没有找到类似的凶器，却从房间里的家具上找到很多森田亚纪子的指纹。附近的人也看到她频繁地在那里出入。钿山可能是认为，找一个与自己的住处有点距离、与自己无关的地点杀害亚纪子再逃走，是最保险的做法。”

反正，抓到本人之后，细节就会水落石出了——警部先生说。

“我们已经对钿山稔发出全国通缉了，逮捕到案只是迟早的问题。”

岛崎点点头，但我却有一个疑问。

“警部先生，亚纪子小姐是脑户穴被刺而死的吧？那种杀人方式，外行人办得到吗？”

警部先生老神在在：“就是因为这样，他才有嫌疑啊。钿山之前一边在‘天堂’工作，一边上针灸学校。说到针灸，你们可能觉得只有老头子才会去，听说这种技术现在已经再度受到重视，广泛应用在各方面了，像运动指导员和复健等。”

我们从鲍伯叔叔的店出来时，豪放女小姐小声叫住伊达同学，把她拉到店旁边。过了两三分钟，伊达同学自己回来了。

“她问你什么？”

对于我的询问，伊达同学红着眼睛看着我。

“刑警小姐他们问小久说，亚纪子小姐让她那么害怕，她为什么没有早点跟爸妈说，结果小久只是哭，什么都不说。”

“然后呢？”

“她问我，身为小久的好朋友，我有什么想法。我说，小久一定是怕把亚纪子小姐的那些事说出来，会破坏她妈妈和姨妈的感情。对她姨妈来说，她妈妈是唯一的妹妹了。我说，小久是会考虑这些事的女孩子。”

我也有同感。

命案都已经结束了，已经什么都不用担心了，可是在回家的路上，我们走起路来还是一样垂头丧气。总觉得森田亚纪子和“公司”的影子，仿佛无所不在。

那天晚上，我打电话给工藤同学。第一次打去时正在通话中，过了十分钟再打，通了。工藤同学说，她刚才跟伊达同学通话。

“我们都听警部先生说了。”我说，“你不要觉得自己对我们说了谎，也不要道歉。谁都不想被警察查东查西的啊。”

工藤同学没有说话。过了一会儿，才用几乎听不见的声音说：“一开始，我连亚纪子姐姐曾经打电话来的事都不想说的。可是……”

我笑了：“那个警部先生鼻子实在太灵了。”

工藤同学也笑了：“伊达同学也这么说。”

对不起，工藤同学说。没关系，我说。因为我们……是朋友啊！

15

就像田村警部说的，第二天所有的报纸都对森田亚纪子的命案详加报道。这些报道的内容，警部先生都告诉我们了，就这方面而言，在所有外部人士当中，我们几个是最早得知命案全貌的。

只不过，有两样东西警部先生的话里没有，但报纸和周刊、电视新闻和八卦节目都有。其中一个就是嫌犯钿山稔的大头照。

照报纸印的大头照看来，他是个很阴沉的青年，有个尖尖的下巴和一双凹陷的眼睛。不过岛崎认为那八成是驾照上的大头照。

“这张在那类照片里已经算是拍得不错的了吧？我想，他本人给人的感觉应该会好一点。”

这番推测到底准不准，只有等抓到钿山稔本人才能确认。不过，八卦节目里经常出现的照片，看来是他高中时代拍的，穿着立领的制服，这张照片里的表情就相当开朗，五官也拍得很清楚，看起来还挺英俊的。至少，还不枉费我特地设定预约录像来看。

另一个从警部先生的话里无法得知的，便是钿山稔的个人资料，也就是他个人的私生活和家庭环境。杂志和电视节目对这方面的采访很有一套，我们只要待在电视机前面，就可以回顾钿山稔这名青年二十一年的人生。

钿山稔出生于东京浅草，家里本来是开皮包店的，但是十年前，钿山稔在上小学五年级的时候倒闭了，店面、住家、土地全都拱手让人，一家人便离开了浅草。以前皮包店的店址靠近花敷屋[1]，抬头可以看见浅草豪景饭店的灯光，现在那个地点已经盖了一幢小小的复合式大楼，里面有居酒屋、卡拉ＯＫ以及一家没有客人上门的理发店。

八卦节目的播报员报道说，皮包店倒闭的直接原因——当然生意大概本来就好不到哪里去——是钿山稔的父亲钿山嘉男当了朋友借款的连带保证人。根据节目的报道，那个朋友似乎本来就打定主意要欺骗钿山嘉男，钿山嘉男一帮他作保，他便立刻带着所有借来的钱，连夜潜逃。

结果，钿山嘉男和他的皮包店便不明不白地背上了一笔五千万日元的债。这个数字，不是一家小小的皮包店还得起的。房子和土地早已拿去抵押借款，充作皮包店的周转资金，债上加债，根本没有还清的指望，脱手也是无可奈何的结果。

再加上这一连串的骚动期间，又发生了另一件倒霉事。他父亲钿山嘉男和债权人之一，据说是恶质的民间金融业者讨债人员发生争执，出手打了对方。所谓“屋漏偏逢连夜雨”，指的也许就是这种情况吧，挨打的人于翌日死亡，死因是殴打导致的颅内出血，所以钿山嘉男以伤害致死罪遭到逮捕、起诉。

1　花敷屋：日本最古老的游乐园。

审判经半年左右结束，钿山嘉男被判五年徒刑。罪名既非杀人罪，又证实是被害人先动手的，尽管有这么多值得同情的情由，法院仍然没有处以缓刑。

我和岛崎一起坐在我家看八卦节目的录像带，正说着这样的判决真是不通人情的时候，接下来播报员的话，立刻说明了其中的缘由。原来钿山嘉男有过一次暴力伤害的前科。

“他一定是个动不动就跟人家动手的火暴分子。”岛崎说。

那是钿山嘉男二十一岁时发生的案子，因为酒醉在酒馆闹事——电视上播报员继续说明时，我觉得背上泛起一阵凉意。

做父亲的二十一岁便惹是生非，现在儿子也是二十一岁就成为全国通缉犯……

“你是不是在想，环境造就罪犯？”岛崎开玩笑似的问我。

我摇摇头。

“我才不是在想那么难的事呢。只是在想，所谓的运气很背，大概就是这么一回事。”

钿山皮包店倒闭，钿山嘉男被收押之后不久，钿山稔的母亲就决定离婚。

“不久，做母亲的带着刚上初中的儿子钿山稔，离开了这个家。就这样，展开了母子相依为命的贫苦生活。”

播报员一边非常仔细地说明着，一边指着离婚当时钿山母子住的地方，位于足立区的公寓窗户。

一直到从当地的公立高中毕业，钿山稔的岁月都是在这里度过的。他的成绩中等，不过因为是篮球社的明星球员，在朋友之间很受欢迎。他母亲加入了附近的家事管理协会，有时候会住在雇主家帮佣，因此钿山稔几乎是自己照顾自己。

离婚之后，钿山嘉男完全没有与他们母子联络，他们母子似乎也打算和父亲断绝往来。钿山嘉男于三年后假释出狱，之后便不知去向，目前依然行踪不明。

高中毕业之后，钿山稔在东京都内某家平面印刷公司工作。但他似乎不适应这里的工作，才上了一年班便辞职了，后来靠着打工的收入维持生活。二十岁那年，开始上了位于新宿区一所业界一流的针灸学校。他本来就热衷体育活动，曾向高中时代的级任老师表示，如果家庭经济条件许可，他希望能上大学攻读运动医学。所以，对他而言，虽然形式或多或少有些不同，也绕了点路，但最后他还是走上了他一心想走的路。

如果所有人一出生背后就跟着一颗“星星”，那么跟在钿山稔背后的那颗星星，大概就叫作“孤独”吧。在他开始上针灸学校的那年春天，他母亲就因为脑中风骤然过世。举目无亲的他，离开了位于足立区的公寓，搬到位于 JR 大久保站附近的一间公寓，骑自行车就能到达针灸学校。

画面切换之后，出现了另一名外景主持人。他举起右手，指着一栋中间横着铁制户外梯、脏兮兮的两层楼灰泥公寓。

“位于这栋公寓二楼的这扇窗户，就是钿山稔的房间。”

摄影机以特写镜头拍出窗户外部，垂挂着一条晾衣绳。玻璃窗反射着西晒的刺眼阳光。

这里，就是在逃之身的钿山稔，他唯一的“家”。

我想，钿山稔在这里的生活，一开始多少都有些梦想、有些欢乐吧。一个人生活虽然寂寞，但是对于曾经因为父母吃过不少苦的他而言，也有轻松的一面。

而且，他有努力的目标。在针灸学校和他同班的男性，在外景主持人访问时答道：

“他是班上最用功的学生。”听到这句话的时候，我觉得好感伤。

钿山稔错就错在——或者说，他运气不好是在于，为了有多一点时间研读针灸，到处寻找时薪高、工时短的工作，结果选上了“天堂”。恐怕就只有这一点。

我猜想，清寒学生当中，一定有很多人基于和钿山稔相同的理由，踏进了特种行业的世界。国外来的留学生都在餐饮店或酒馆工作，在赚取生活费与用功念书的需求中苦苦挣扎，努力减少冲突。这些人绝大多数都不忘初衷，不为这样的世界所污染，后来也都离开了那个地方。

然而钿山稔却被绊住了。“天堂”不是个好地方，在那里和他亲近起来的森田亚纪子也不是个好对象……

“钿山稔会一直逃到被捕的那一天吗？或者他会在哪个阶段死心自首呢？”

对于我的话，岛崎并没有作答。他的视线朝着电视，但是眼镜滑了下来，看起来一点都没有在专心看电视。显然是忙着追逐脑中的思考，对身边的一切视而不见。

八卦节目换了话题，于是我也跟着站起来。

“要不要吃点东西？我家有泡面。”

岛崎含糊地“嗯”了一声。我一边在厨房烧开水，心里一边开始筹划我的计划。

我想到钿山稔的家——大久保的公寓去一趟。

当然，是我一个人去。

16

我这个人也是蛮性急的，那个星期六下午，我就搭上了总武线的黄色电车。这是我的单独行动，我翘掉了足球社的练习，完全没有对岛崎、伊达同学甚至工藤同学提起这件事。

对于我为什么要这么做，大家是否感到不可思议呢？我为什么要去看钿山稔的生活痕迹呢？看了又能有什么帮助呢？

说实话，我内心正在酝酿一个更大的计划，就是和工藤同学去约会。

单独两个人的话，一下子就去看电影可能不太好吧？看是要去原宿走走，还是去上野动物园，不然就去临海公园的水族馆，那里是我充满回忆的地方。

东想西想，很兴奋、很愉快。而伊达同学一句“你差不多可以找小久去约会了吧”，证实了这并不是我个人近乎妄想的兴奋之后，我就更兴奋了。

只是……在我做这个计划的时候，我发现自己总是半途而废。

我希望工藤同学能尽快把命案的事忘记，希望她把这些当作不愉快的回忆抛在脑后。我真的打从心底这么希望。

可是另一方面，我明白她不可能那么容易就能把事情忘记。看工藤同学的脸就知道了。

这次命案，让我们知道森田亚纪子这名女性真实的一面。我们知道她在想些什么、对她表妹工藤同学有什么居心。而这件事，多半会在工藤同学心中留下一辈子都无法抹去的遗憾吧。但是，那并不是“我差一点就成了受害人”这种乐观的遗憾。而是：

“一定是我做了什么，才会让亚纪子姐姐产生那种想法吧！”

“原来亚纪子姐姐那么讨厌我。”

“我身上也流着和亚纪子姐姐一样的血。”诸如此类极端自我谴责的麻烦遗憾。

工藤同学……我喜欢的工藤同学，就是这种女孩。

若是以后要和工藤同学更进一步地交往，想和她约会，对于她内心这种遗憾，就不能不做好心理准备。当然，今后我和工藤同学之间以这件命案为话题的机会，会越来越少。将来我们双方都会慢慢不再提起这件事。这样我和工藤同学才能够愉快地交往——我想一定可以的。

可是，即使如此，我心里还是必须找出一个结论。既然知道工藤同学心中留着遗憾，在无法做出结论的情况下和她交往，实在太不负责任了。因为，所有的事情我都是在同一时间看到的。

关于森田亚纪子这个人，我们已经做过很多调查，看过很多了。我们以我们的方式，设法去了解她。可是，杀死她的那个叫钿山稔的青年，我们却还是一无所知。钿山稔和森田亚纪子这名年轻女性的生活关系密切，所以才对她下手。如果不了解他，我就无法公平地看待这件命案。了解他之后，我才能了解他为什么非杀害森田亚纪子不可。这样，才能找到用拼图拼起来的森田亚纪子像所缺少的那一块。不，是非找到那一块不可。我想缩短和工藤同学之间的距离，其中的意义和岛崎及伊达同学不同，对我而言，这是一道无论如何都必须跨越的障碍。

钿山稔不是个居无定所的人，报纸也明白地报道了他的住址，只不过没有透露公寓的名字。八卦节目里拍出来的那栋老旧灰泥公寓，就位于大久保车站的高架铁路旁，面对勉强可以让两辆车会车的马路。周围街道萧瑟的程度，不禁令人怀疑那个地方真的步行就能到达热闹繁华的新宿吗？所以，我在大久保车站下了车后，便从比较不热闹的出口出站。

沿高架下面的小路朝着中野方向走了没多久，便出现了在电视上看到的景色。这并不是因为我的第六感特别灵敏，而是这个地点非常好找。

那栋公寓的一旁，是一户看不出有没有人住、玻璃窗几乎碎裂的民宅，另一旁则是铁门深锁、霓虹灯招牌受尽风吹雨打的小酒店。外景主持人所指的那道生了锈的户外梯入口，挂着“第二幸庄”的木制招牌。

公寓入口的门开了一半，不知道在多久之前铰链便已经坏了，就这么直接敞开，以混凝土块挡着。往里面看，门后的走廊昏暗暗的，赤裸的水泥地板上，有好几处漏水的水渍。

在多云的天空下，我抬头看向二楼边间的窗户。挂着晾衣绳的那扇窗。今天还没有开始西晒，窗户的另一边看起来是一片漆黑。

附近空无一人。实在令人难以置信，这里竟是离新都心不远的地方。可是，这里对钿山稔而言，应该是个颇为舒适的地方。

对于在他的住处出入的森田亚纪子而言，又怎么样呢？田村警部说，钿山的房间里找到了很多亚纪子的指纹，附近的人也都看到过她在这里频繁出入。也许她曾在钿山的房间里洗衣服，把袜子、手帕挂在那条晾衣绳上；也许他们两人曾在那看来相当危险的户外梯上下；也许他们曾经从这里走到新宿去买东西或看电影。

钿山在那个房间里，孕育出对亚纪子的好感——最后也孕育出杀意。

杀人行动发生在白河庭园是事实，而且就像警部先生向我们解释过的，其中必定有什么内情。如果是这样的话，那天计划去白河庭园的应该是亚纪子，而钿山对她的作为、“天堂”以及“公司”已极度反感，一心想逃走。对他而言，去白河庭园想必是件厌恶至极的事。

所以，他在白河庭园杀了亚纪子，以为只有这样才能逃离她。然后，或许这只不过是我自以为是的想法，但我想，钿山一定不想在这栋公寓杀害亚纪子吧。因为，这里可能有过许多美好的事，有过许多快乐的回忆。所以，当她准备去东京最东边一个无名小公园、一个与自己完全无关的地方时，他便选择在此时下手。

仅从外面看，大概就可以想象那个公寓房间里面的样子。可能没有浴室，厕所可能是公用的，大概也没有现代的电热水器，可能是用旧式的热水炉。当然也不可能有冷气，到了夏天最热的时候，想必是打开电风扇吹着温热的风。

即使如此，只要两个人在一起，还是很快乐。

我真的好想见见钿山稔。在他心里，亚纪子是什么样的人呢？她的哪一点吸引了他呢？她有着什么样的笑容？喜欢看什么样的电视？想要什么样的东西？喜欢什么样的衣服？会做饭吗？或者开心地吃着他做的东西吗？真想问问他，真想知道。

亚纪子对你而言，是什么样的人？当你知道她对年幼的表妹忌妒得几近憎恨，你又是怎么想的呢？我真想问问铟山稔。

你和亚纪子是同类，你们都是出生在孤独星星之下的同类。在你眼里的亚纪子，是个怕寂寞的人，还是个爱生气的人呢？

我在阳光下眯着眼睛，站在那里胡思乱想。后面突然有个声音对我说：

“喂！你在这里做什么？”

我回过神，转身一看，便跟一个上了年纪的男人视线对个正着。他跨在一辆大大的自行车上，歪着车身一脚着地，皱着眉头一脸狐疑。因为太过惊讶，我张着嘴说不出话来。

“小孩子不可以在这种地方晃来晃去。”那位伯伯继续说，“你不可能是有事要去那栋公寓吧？我不管是不是发生过什么命案，但那个男的已经不在这里了。”

他的口气显得很不耐烦。也难怪，除了我之外，一定有不少爱看热闹的好奇人士常在这一带乱晃吧。

这样就简单了。我冷静下来，说了谎：“我认识铟山稔。”

“每个人都这么说。”伯伯的反应很冷淡。

“是真的。”

至少，我跟命案相关人士有所关联。可能我的表情显露出这份自信，伯伯又一次仔细地打量我。再说，就一个凑热闹的人来说，我年纪可能也太小了。

伯伯的嘴角稍微放松了。

“你跟他是怎么认识的？”

“他以前在我家打过工。我家是开干洗店的。”

我记得八卦节目说过，钿山稔高中时为了减轻家计，打过很多份工，其中一份就是干洗店的送货员。

“哦……”

伯伯跨下自行车。仔细一看，椅垫上用白色油漆写着“新鲜现烤木村面包店”。

“伯伯是附近的人吗？”

伯伯往大久保路的方向扬了扬下巴。

“我在那边开面包店。”

“您认识钿山吗？”

伯伯再一次仔细打量我，感觉好像是在估算着，把这些情报告诉这个小孩，能有什么回报。如果他本来就是这种精打细算的人也就算了，但如果是因为这几天媒体一窝蜂儿地疯狂采访才养成的习惯，那就有点悲哀了。

“他有时候会去我那边买面包。”

伯伯很干脆地回答。大概看我是个小孩子，不能奢望什么回报，所以死了心，不过还是决定给我一些情报，以便享受一下优越感。他的口气显得很得意。

“两个人一起去？”

“有时候。”

“他们感情很好吗？”

“看不出来。不过，那男的都把那女的给杀了，感情好才有鬼！”

如果全世界都这么单纯，就不会发生命案了。我心里这么想，但是说出来也没有用。

伯伯稍微弯下身，一副好像要讲什么天大的情报似的，压低了声音：

“刑警在监视，看他会不会回来。”

这我早就料到了。

“在伯伯那边吗？”

“没有到我那边。”伯伯显得非常遗憾，“我是说，他们潜进了这一带没人住的公寓里头。”

“我觉得钿山应该不会回来了。”

“天晓得，那种人的想法谁知道啊。”

我再一次抬头看那道楼梯、那扇窗。然后移动视线，寻找方便监视那个房间的地方。就在附近有栋老旧的公寓，如果是北侧房间的话，正好可以俯视第二幸庄。旁边那栋类似工厂的建筑可能也不错。就在这一刻，那些窗子背后，可能就有刑警拿着望远镜或双孔望远镜，或者性能更好的望远镜，对着站在第二幸庄前说话的那个推着自行车的男子和中学生，进行仔细地观察。

“他们经常买我们的炒面面包。”伯伯突然说出这一句，“我们的炒面面包很好吃哦！”

对我而言，这是如宝石碎片般珍贵的情报。是吗，他们会买炒面面包啊。

“我也想买炒面面包带回家。”

听我这么说，伯伯又对着大久保路扬了扬下巴：“那，你跟我一起来吧。”

伯伯推着自行车，我们并肩迈开脚步：“他们来，一定都是下午很晚以后。”伯伯继续说，“那女的每次都穿得很花哨，像是透明的衬衫，短得快露出内裤的裙子。指甲涂得红不隆咚的，一看就知道是做那一行的女人。不过，我怎么样都没想到她竟然才二十岁，她看起来比那个锢山还大。”

“他们平常都是两个人一起来买吗？”

“有时候也会一个人来。”说着，伯伯哼了几声，“那女的每次一个人来，就对我儿子抛媚眼。”

我没说话。伯伯可能对我的沉默不满吧，又加了一句：“那女的，一天到晚对男人抛媚眼。”

我们来到大久保路，顿时被路上的喧嚣包围，刚才萧条的气氛消失得无影无踪。木村面包店的位置，在大路右转之后再往前的一个街区，是一栋全新大楼的一楼，店内也有蛋糕和饼干，楼上是喝咖啡的地方。

隔壁就是录像带和CD出租店，里面挤满了客人，店门口停着一大堆自行车。

“对了，那个女的也拿过这边的袋子。”

在木村面包店旁边停好自行车之后，伯伯指着录影带出租店说。

“去借录像带的时候，不是会放在塑料袋子里吗？她曾经拿着那个袋子，到我们这里来买面包。”

这么说，锢山稔的房间里有录像机了。大概也有CD机吧。两个人边啃面包，边看录像带、听音乐……

这时候，我突然想起亚纪子曾经找工藤同学去听Jitterin'Jinn的演唱会。

对了，他们有一首畅销曲叫《礼物》，工藤同学说过她喜欢这首歌。

你送我的礼物……

歌曲是从这一句开始的。短发俏丽的主唱以饶舌歌的独特唱腔唱着，把收到的礼物一一排好……

然后，结尾是这样：

我好喜欢你，但这却是最后的礼物。

森田亚纪子喜欢这首歌吗？即使她别有目的，但是要约工藤同学的时候，还是选了 Jitterin'Jinn 的演唱会？

我好喜欢你，但这却是最后的礼物。是啊，钿山稔以这种方式送给她的，就是“死亡”。

“炒面面包一个就好了吗？”

听到伯伯的问话，我赶紧走进面包店。这时我才注意到，这家店的店名字叫“Branche Kimura”。

“请给我两个。”

这家店在伯伯当家做主的时候，应该是叫“木村面包店”吧。很有街角面包店的气息。只是改朝换代、成了儿子的店之后，就变成 Branche Kimura 了。只有自行车坐垫上的字，以及和漂亮的展示柜格格不入的炒面面包上，才找得到昔日的影子。

伯伯帮我包炒面面包的时候，我看着隔着玻璃、位于收银台后方的厨房。一个三十五岁左右、体格很好的男子，正在为甜甜圈撒糖粉。那大概就是伯伯的儿子吧。虽然我不知道亚纪子有没有对他抛媚眼，不过相信她一定也曾经望着厨房里的情景。

“两百四十日元哦。”

伯伯把包好的面包递给我说，然后越过我，朝着我背后招呼：“欢迎光临。”

有新的客人来了。我要让路，便向旁边靠了一步，一回头……

我在那里找到了白河庭园的那个中年男子，那张桥口帮忙画成素描的脸。

17

人类的记忆真是不可靠。我回头和那名男子照面的那一刹那，并没有认出对方是谁，只觉得这个人好像在哪里见过。

对方好像也有同感，所以一直盯着我看。不过，也许那只是我一直看他，他才以“什么事？”的感觉回看我而已。

我是等到他开始走动之后，才想起来的。他从我旁边错身而过，走向摆了面包的架子，出现在我眼前的脚步，就是上次在白河庭园跑走的那名中年男子显得不太舒服、有点摇晃不稳的脚步。

“啊！”我叫了一声。对方吓了一跳回头看我，这一次睁大了眼睛看我的脸。结果他的脸上顿时闪过的表情，就和推理小说读者解开暗号的那一瞬间一样。他也认出我了。

我还没靠近他，他就一下子从我身边跑走了。他的膝盖撞到面包店放置托盘的桌台，挂在上面的面包夹发出咔嚓的声响，然后头也不回地冲出面包店。

“干什么？怎么回事？”我把 Branche Kimura 伯伯的叫声抛在背

后，跟着跑到路上。一只脚上的运动鞋差点掉下来，害我向前扑了一下。

这次的地点是在大街上，而且是行人不少的大久保路上，情势对我有利。男子来到外面马上向左跑，差点撞到刚好走过来的一对情侣，所以脚步变慢了。我的手差点就碰到他背后。他扭身闪过那对情侣，又开始跑，很快就到达通往车站的转角。我看他要往哪里跑，结果他好像稍微犹豫了一下，脚步顿了顿，手在停下来等红灯的白色厢型车上撑了一下，改变方向，左转朝车站的方向跑，就是刚才我和面包店伯伯走来的路上。

这里只有一条路，只要沿着左边电车的高架混凝土墙，一路跑到小泷桥路的交叉口就可以了。这么一来，毕竟是我跑得比较快。我们之间的距离越来越近，正好在第二幸庄的铁楼梯前，我抓住男子右手的袖子。

“叔叔、叔叔！等等我！”

我边叫边扯他的袖子，他猛力挥手，想把我甩掉。我使出本事一边和他僵持，一边压低声音和他说话。

“叔叔，在这里吵闹的话，可能会被警察看见。我们就在那栋公寓前面。”

结果他就真的好像看到警察来了似的，突然停止挣扎。因为他停得太突然了，我也就跟着放开他的袖子。不过，他并没有要逃走的样子，双肩剧烈地起伏，弯着腰，两手撑在膝盖上，低着头喘气。

“你身体哪里不舒服吗？”

我的呼吸已经恢复正常了。要是跑这么一小段就喘，教练不把我踢出球队才怪。

他还气喘吁吁的，为了回答我的问题——大概是想回答我吧，嘴巴一张一合的，发不出声音，必须先喘过气来再说。

“我的……膝盖，”他断断续续地说，“有点……风湿。”

“在白河庭园遇到的时候，叔叔跑起来也怪怪的。”

“是吗？”

他的声音有点闷闷的，很特别，也许是装了假牙。

我外公今年因为多年的牙槽溢脓，成了满口假牙的人。他本人对一口洁白的牙齿沾沾自喜，可是自从装了假牙，用电话就很难沟通，让我们很伤脑筋。这个叔叔讲话的语调跟我外公很像。

“叔叔还记得我吗？”

他总算不再喘了，弯着腰就这样点点头，抬起眼睛看着我。

“我没有立刻想起来。看到小弟弟一副吓一跳的样子，才想起来的。”

“我也没有马上认出叔叔，是看到你走路才想起来的。”

我们互相对看。也不知道是谁先开始的——不，叔叔大概早了半秒吧——我们相视而笑。

“走吧。”我抓住他的袖子。这次不是为了怕他逃走，而是伸手扶他，“警察可能真的在监视这里。”

说完之后，我才想到，搞不好刚才的警告和现在这些话，全都猜错了方向。他又不一定跟那个命案有关。事实上，我们这阵子一直把这个在白河庭园遇到的人，当作是亚纪子的“恩客”，纯粹是一个同情靠电话交友俱乐部赚钱的女孩的局外人。

“车站那边有张长椅。”叔叔说，“到那里休息一下好吗？”

“嗯。”我点头，和叔叔一起走。和他并肩走在一起，就会发现他的病并不是只有风湿，呼吸也有一点怪怪的，是肺不好，还是心脏不好呢？

我们来到大久保车站的收票口前面。铁轨陆桥的下方，有一张用铁管和木板钉起来的简陋长椅。我们并排着在那上面坐下，这个可疑的叔叔呼地吐了一口长气，伸出右手开始摩挲起膝盖。

收票口只有一个站务人员。他是个年轻人，往我们这边看了几眼之后，就跟收票口旁包厢里的同事说笑起来。也许是把我们当作父子了。

这时正好有电车进站，只听得到电车的声音。广播说着“大久保、大久保”，不久电车就开走了。有两三个乘客下车，通过收票口。每个人都往我们这边瞄了一眼。

人全都走光的时候，坐在旁边的叔叔喃喃地说：

“被别人追着跑，果然很吃力。”

他的侧脸显得很疲累。人的表情，只有正面能够作假。侧脸是很诚实的。然后，近距离看到他那双微微有点凹陷的双眼时，我想我知道他是谁了。也许这个想法长久以来就在我心里，潜沉在薄薄一层皮之下，等待时机破皮而出。

这种事，很久以前就应该想到才对！我不由得紧紧握住放在双腿上的面包袋子。

“叔叔。”我叫他，他还是垂着头望着双脚。

“叔叔是锢山稔的爸爸对不对？”

他缓缓地眨眼，然后看着我的脸。

“你是锢山嘉男先生吧？”

叔叔慢慢地眨眼，配合着眼皮的动作点了点头。

“果然没错……”

“你怎么知道的？”

“你们有点像，眼睛那边。”

叔叔好像发出了“哦”的声音似的，微微张开嘴笑了，无声的笑。

“是啊。不过，叫我叔叔就可以了。”

“我叫绪方雅男，今年上初一。不过，叫我小弟弟就可以了。”

叔叔瞄了我的脸颊和额头一眼，说：“胡子和青春痘都还没开始长啊。”

“不过，我有女朋友哦。”我说，“然后，我女朋友就是遇害的森田亚纪子小姐的表妹。”

叔叔停下摩挲膝盖的动作，双手在双腿之间垂下来，缩起下巴。收票口的站务人员又往我们这边看。虽然没有露出讶异的模样，但是那些视线还没离开之前，我没有开口。

“稔犯了罪。”钿山嘉男喃喃地说，“我会去那座公园，叫白河庭园是不是？也是因为认为儿子做错了事。”

那时候，岛崎认为那名男子“看起来像在祈祷”的第六感，果然灵验。“那，叔叔那时已经知道杀了亚纪子小姐的是你儿子了吗？”

钿山老爹点了点头：“我儿子告诉过我跟他一起住的女人名字。女人被杀，多半都是跟她一起的男人下的手。我马上就想到了。”

他中断了话，闷闷地咳了几声：“我看到新闻，马上跑到这栋公寓来看，稔已经不在了。我想他是逃走了。”

“可是，你并没有报警。”

老爹没有说话。

“所以，和我们在白河庭园碰面的时候，你也逃走了。”

老爹举起手，摩挲后颈。

“我想，小弟弟你们是那个叫亚纪子的女生的朋友，不然也不会拿花去了。”

“是啊。”

“只是，我没想到是表妹。我以为是那个亚纪子的妹妹。那时候不是有两个女生吗？一个高个子，一个小个子。”

记得真清楚。

“对啊。小个子那个就是亚纪子小姐的表妹，我女朋友。”

“嗯嗯，”老爹点头应声，“那个高个子的跑得真快，急死我了。”

那是伊达同学：“因为她是篮球社的主将啊。”

我们稍微沉默了一下。我吸了一口气，问道：

“你知道你儿子现在在哪里吗？”

我明知道这是个很冒昧的问题，但还是大胆地提出来了。钿山稔是全国通缉犯，不知有多少警官拼了命想知道他的下落。如果能够坐在我现在这个位子，田村警部也许会愿意拿出他硕果仅存的头发做交换。

不过，叔叔却摇摇头：“现在不知道。以前知道过，就在那栋公寓。”

“你们是从什么时候联络上的呢？”

我省略了“你出狱之后”这句话，但叔叔回答时却自己补上了。

“我出狱之后，就一直失联。稔也不知道我在哪里吧。第一次联络上是在……”

停顿了一会儿后，叔叔说：“也不算是联络上，是我去了我们之前的家，邻居告诉我的。我老婆——我前妻去世时，邻居去参加过葬礼。大概是一年前的事吧。”

“叔叔的家，是以前在浅草那边的皮包店吧？”

钿山老爹露出惊讶的表情：“哦，你知道啊？”

“周刊有报道。现在已经变成一栋小型的大楼，开了 KTV。”

“KTV？我去的时候挂的是烤肉店的招牌。”

凉凉的风吹过高架桥下的阴暗处。一个女人推着自行车，车上载了穿着幼儿园制服的小孩，她频频和小孩交谈，从我们面前经过。

有一段时间，钿山老爹的眼睛一直追随着那对母子。做母亲的用力抬起自行车的后轮，走到高架桥另一边的马路上，自行车上的小孩咯咯地大声笑。大概是在小孩的幼儿园书包上绑了铃铛，有铃声丁零零地响起。

看不见这对母子之后，钿山老爹很突兀地说：“小弟弟既然看过周刊，应该也知道我是有前科的人吧？”

“知道。”

“你不怕吗？”

这个问题很难回答。不是怕他不高兴，而是我的心情连自己都很难说明。

“一直到刚才我都忘了这件事，因为我都在想别的。”

“这样啊。”

“可是，叔叔现在一提，我应该算是有点怕吧。”

钿山老爹没说话。电车又来了，这次下车的是一对年轻情侣。他们走了之后，我补了一句话：

“不是因为叔叔有前科才怕，而是叔叔脾气好像很火暴才怕的。

之前的案子，就是这样来的吧。”

“周刊连这些都写了啊？”

“还蛮详细的。”

钿山老爹呆呆地望着收票口，视线一动也不动地说：“我没喝酒的时候，脾气可不火暴。”

然后，好像要告诉我“是真的”似的，他转过来看我的脸。

“感觉得出来。”我说。

钿山老爹说话很快，语尾很清楚。他在说他自己的时候，“我”的发音介于“我”和“偶”之间，“了啊”的发音介于“啊”和“哇”之间。我第一次遇到这样讲话的大人。

“我今天是第二次来这里。”钿山的父亲说，“都是稔失踪了以后来的。以前稔对我说，他跟女人住在一起，叫我不要去找他。”

“今天你是来看儿子是不是回来了？”

老爹摇摇头：“小弟弟也不是吧？你是来做什么的？”

“我自己也搞不太清楚，说明起来又很长。”

“跟女朋友有关吗？”

“有点。”

“你女朋友漂亮吗？”

“很可爱。”

“是吗？”老爹微笑了，“有可爱的女朋友，真好。”

“森田亚纪子小姐是个美人吧。”我说。老爹低着头，从侧面看，无法推测他对她有什么想法。

“我没见过她，所以不知道。”他小声说。

这是不可能的，我在心里偷偷地说。老爹应该对她很熟悉才对。

你应该听你儿子说过吧？不然的话，如果不是知道亚纪子和她的工作、不是知道“公司”的事，又怎么会去安西情报服务公司，拜托她们不要发传单呢？

我心里明明这么想，却没有说出来。也许我是怕他生气吧。要学刑警，我可能太胆小了。可是，我却又提出大胆的问题：

“你儿子没有跟你联络吗？”

老爹再度摇头：

“稔逃走之后就没有了。”

“那么，他人在哪里，你也完全没有头绪了？”

“因为他很清楚，他是没有办法依靠我的。”

“可是，你们是父子啊。他没有跟你说什么吗？”

对于死缠不放的我，老爹突然问道：

“小弟弟，要不要喝点东西？”长椅旁边有卖冷饮的自动贩卖机，他指着那边。

“说得也是……”是口渴了。

我还没回答，钿山老爹就伸手往上衣内侧口袋掏出零钱。

“到那边的贩卖机去买你喜欢喝的吧。”

他递过来的零钱有一点温温的，是体温温热的。他大概没有钱包，钱就直接放在口袋里。

“顺便也帮我买。什么都可以，跟小弟弟一样的就好。”

我想他不是懒，而是一坐下来，要再站起来就很吃力。

“那我就不客气了。”

我从长椅上站起来，走到贩卖机那里。本来想买宝矿力的，可是不知道钿山老爹喜不喜欢，所以我选了罐装咖啡。递过去之后，老爹说了声“谢谢”。

罐装咖啡冰得很透，老爹好像很可口似的一口气喝掉半罐。我突然想起我的面包，便拿起面包店的袋子：“这个，要不要一人一个？”

收票口的站务人员这次一直盯着我们看。感觉虽然不舒服，可是我心想，反正我们有两个人，算了。

“这是那家面包店的炒面面包，我买了两个。”

我打开袋子，拿出一个递给老爹。老爹迟疑了一下，接了过去，说：“那我就不客气了。”

“听说你儿子和亚纪子小姐经常去那家面包店，买这个炒面面包。”

说完，我咬了一大口面包。老爹把面包拿到嘴边，一直盯着它看。

“我听老板这么说，就想买来吃吃看。叔叔怎么会想去那家面包店的？”

叔叔沉默了一下。这时候电车来了，这次只有一个人下车，是个年轻漂亮的女人。她看到我们两个在高架桥下吃面包，毫不掩饰地皱着眉头走过去了。

“那是巧合。”钿山老爹回答。

我觉得他在说谎。如果是巧合，也未免太巧了。不过，我也不想再继续追问下去。我不知道怎么问。田村警部可能会，但是我不会。

“真好吃。”我说，“冷掉了也很好吃。”

面包里夹了好多炒面，红姜提味恰到好处。难怪面包店的伯伯会这么自傲。

钿山老爹轻轻咬了一口面包，炒面的一端从他嘴角露出来。

"很久以前，"他一边嚼一边说，"我来过一次。只有一次而已，来找稔。"

"他还跟亚纪子小姐住的时候？"

老爹点点头。换句话说，刚才他没有说真话。不过，我没说什么。

"大概是半年前吧。那女孩刚好不在，稔没有让我进房间。他拉着我，带我到那家面包店，在那边买了这种面包，叫我拿着面包快走。他说他也没有钱，没办法借我。因为我那时候找不到工作，一看就知道我很落魄。可是，我并不是为了钱才去找他的。"

我心想，真的是这样吗？也许他并没有说谎，不过，说出来的话是经过过滤的。一个人身边没有钱，自然就会没有安全感，会想依靠亲人。

他心里一定一直有想见儿子的念头才对。要钱，大概是帮自己找的一个借口吧，好告诉自己：我不是去见儿子，我是去向他借钱的。可是，一旦见了面，钱的事却说不出口。不，一见了面，他就忘了钱的事了。可是儿子却马上想到是为了钱……

买了面包，把袋子塞到爸爸手里，叫他拿了快走。

钿山老爹吃得很猛，拼命把面包塞进嘴里，吃得连呼吸都急促起来。没有必要吃得这么快呀。我正这么想的时候，才发现……

老爹哭了。

他的脸颊被满嘴面包塞得鼓鼓的，努力压抑哭声，却发出了呜呜的声音。他把身子向前倾，脸埋得低低的。终于，他不再往嘴里塞面包了。老爹闭上眼睛，泪水一滴滴落在高架桥下的柏油地上。

我没说话，继续吃面包。老爹在重新开始动口嚼面包之前，头一直朝下，维持那个样子。

电车来了，又走了。这次下车的乘客通过收票口的时候，都装作没有看见我们，收票口的站务人员也一样。

后来，老爹慢慢地把面包吞下，吃掉握在手里的最后一块面包，喝掉罐装咖啡。他已经不再流泪，只剩眼角有点湿而已。

“小弟弟要怎么回去？”他突然问我，已经准备结束我们的谈话了。

“搭这班车。我要在饭田桥换东西线，我家在白河庭园附近。”

“哪一站？”

“木场。叔叔呢？”

他把咖啡罐扔进长椅旁的垃圾桶之后，回答：“高桥。”

“在森下町那里吗？那很近啊。”

在我开口问他要不要一起回去之前，钿山老爹就吃力地站了起来。

“我要从新宿回去。从这里一直走，就会到车站了。”他指了指我们走来的那条路。

“你的膝盖不要紧吗？从这里搭车不是也可以吗？你要搭都营新宿线吧？”

结果老爹笑了笑。

“小弟弟，不可以和我这种人一起搭电车哦。”

“面包很好吃，谢谢你。”说完，他就转过身去。

“叔叔再见！也谢谢你的咖啡！”听到我这么说，他没有回头，只是挥了挥手。

他离开了高架桥下的位置。过了一会儿，我才像魔法解除般移动身体，跟在铟山老爹身后。直直的路上，只有他远去的背影慢慢地以摇摆的脚步走着。看他那个样子，今天的追逐和白河庭园的逃亡，对老爹的膝盖想必是很大的负担吧。

我目送他的背影，直到看不见为止。然后想起，高桥以前是小旅馆密集的地方，现在虽然已经摇身一变，成为整洁亮丽的商务饭店，但还是有一些旧旅馆零星地留着。也有住一晚几百日元的睡铺，是临时工聚集的地方。因为最近不景气，我还看到过没有工作的人，大白天就呆坐在路边猛抽烟。铟山老爹也住在那种地方吗？

我在大久保车站买了车票，通过收票口时，站务人员一直看我。我又开始想，在别人眼里，我们看起来是什么关系呢？

在电车的摇晃之中，我想起自己最后还是什么都没有问出来。儿子没有跟他联络，现在不知道在哪里，就这样而已。甚至没办法问出老爹准确的住所，再偷偷告诉田村警部。

因为我并不想那样做。真没用。没资格当侦探。不过，的确是如此。

嘴里还残留着炒面酱汁的味道。我看最近这一阵子，暂时别吃炒面面包了。

那天晚上，我像突然发作似的打电话给工藤同学。她的声音还蛮开朗的，在她的声音激励之下，我的发作更严重了，便开口问她明天要不要一起出去。她好像吓了一跳，沉默了一下子。不过，接下来回答我的声音，就像她放学后拼命练习的软式网球般雀跃。

“谢谢。”工藤同学说，“只不过，我明天得去外公外婆家。真可惜。”

"这样子啊……"

工藤同学的声音还是很开朗："改成下星期天好不好？"

我的心轻飘飘地飞起来。如果爸或妈在旁边的话，一定会看到我的脊椎变得软绵绵的。

"好啊好啊！要去哪里呢？"

"一直去白河庭园也很无聊。"工藤同学笑着说，让我听了更高兴。

"要不要去看海？"我说。

"海？要去晴海吗？船舶科学馆？"

"对，那里也不错。不过我本来想的是临海公园。"

"啊，人家还没去过呢。"工藤同学说"人家"而不是说"我"！我连手脚都一起软绵绵了。

"临海公园漂亮吗？"

"很漂亮，而且很舒服。那边有人工沙滩，可以走到海边。"

"那，我们就去临海公园吧。要骑自行车去吗？"

"这样比较快。"

"我做便当去，三明治好不好？"

我已经融化，变成液态人了。

"好啊好啊！那饮料由我带。"

"那，等时间差不多了，我们再讨论细节吧。打电话可以吗？"

总不能在学校里公开讨论这个话题。

"好啊，我打给你。跟今天差不多的时间，方便吗？"

"嗯，方便。那我得要我爸爸先帮自行车打气才行。"

好久没有听到工藤同学——小久开心的笑声了。

说完再见，挂了电话之后，我还是像在做梦。在还没凝结回人类之前，我已经先变成一摊融化在地板上的甜甜糖浆了。

“雅男，去洗澡。”

妈在叫我。

“好！”

我蹦跳地走过走廊。妈的视线从电视上的推理剧场移到我身上。

“你在傻笑些什么呀？”

“没有啊，没什么。”

在浴缸里，我还是忍不住笑个不停。

到了深夜，我又打了一通电话。

在我记事本里的这个电话号码，加了对红色的括号。我在今年夏天结束时抄进来之后，就从来没有打过。今天还是第一次打。

因为这是店里的电话，晚上她可能不在。不过没关系，我就是想打这通电话。

铃响了，我的心也跟着猛跳。响了三声之后，传来咔嚓一声。

听筒传来柔和的古典音乐，是管弦乐，接着是一名女性的声音：

“您好，这里是泽村珠宝店。谢谢您的来电。目前是非营业时间，请在信号声之后留言，我们将尽快与您联络。”

哦……水族馆夫人的店叫泽村珠宝店啊，果然。

水族馆夫人。我和岛崎是在今年夏天遇见她的。她是一位非常美丽的夫人，一位有点寂寞的夫人，而且我答应她，等到有一天我有了“非她莫娶”的女孩时，要去见夫人。

也许还太早了，但我还是想告诉夫人。接电话的是电话答录，我觉得很幸运。

在哔声之后，我紧张得心怦怦跳，说：

“我是在水族馆遇见您的绪方雅男。您还记得我吗？我会再打给您。”

放下听筒，空气中仿佛传来了夫人的香水味。

第二个星期，灰色的云开始在头顶上飘。不过，在我看来，那些云都是粉红色的。

我和工藤同学的视线不时在教室的各个角落交会。每一次，我们两个都会以眼角向对方微笑。我们也通电话。星期一打过、星期二打过、星期三也打过。

星期四，我提到我喜欢鸡蛋三明治，工藤同学说要做很多带去。我们聊了三十分钟左右之后挂掉，我打开房间电视，正好在播新闻。我想看看有没有周末的天气预报，就直接看下去。

“为您插播一则新闻。”主播显得很匆促。

“今年九月底，于东京江东区白河庭园发生的命案，管区深川警察署适才召开记者会发布消息，今天晚间八时许，于东京湾晴海第三码头捞起一具男性尸体，疑似本案嫌犯钿山稔。死因等详细情形尚不清楚，但由该男子的生理特征与随身物品判断，死者应是钿山稔。再为您重复一次。依本台记者适才传回的消息……”

18

“可能是他杀。”豪放女小姐说，声音跟说悄悄话一样。

我们在鲍伯叔叔的店里，用高高的纸杯喝着百事可乐，没有点汉堡。我觉得星期六傍晚，在社团活动跑了半天之后的自己，有一点汗臭味。

“真的吗？新闻不是这样讲的。”

“我们没有让媒体知道这件事。”

我凝视着豪放女小姐的脸，她皱着眉头向我点头。我的视线沿着她意志坚强的下巴线条看过去，果然是当刑警的人的脸……我心里想着这些，因为我不愿意去想刚才听到的事实。

钿山稔死了——星期四晚上听到这个令人震惊的消息，我第一个就打电话给工藤同学。之后一听到后续的相关报道，都会和她一起讨论。工藤同学比我担心的要冷静许多，她最关心的是，整件案子会不会就此落幕。

电视新闻是在昨天晚上十点多时，报道钿山的死极有可能是自杀的消息。我按捺不住，便跳上自行车，往工藤同学家飞奔而去。去是去了，我当然不可能在那种时候闯进她家，最后是从她家斜对面的便利商店前，打公用电话给她。

“好像是在自首之前死掉的。”她小声地说。

新闻说，钿山稔在死亡当时喝了大量的酒。可是，从他所处的立场来看，应该不是悠哉地喝醉了才失足坠海死亡，而是借酒壮胆——或者是喝醉了之后看不开而自行跳海，这样比较符合实际。

“我觉得，也许这样才是最好的结局。”

听了我的话，工藤同学“嗯”地回应一声。她的脑海里，大概想起了遇害的亚纪子种种的黑暗过去；而我的脑海里，则是浮现了钿山嘉男和我并肩坐在大久保车站长椅上的面孔。

对那位叔叔而言，这不可能是最好的结局。不过，我想事情也只能这样结束。而且，我也认为钿山嘉男比任何人都清楚这一点。所以那时候，虽然是很短的一段时间，他才会忍不住在我面前哽咽吧。

“我听到有人的声音，绪方同学，你不是在家里吗？”

电话另一端的工藤同学这么说。我便将自己所在的地点告诉她。她吃了一惊，说：

“从我房间可以看到那家便利商店！”

工藤家二楼最右边窗户的窗帘立刻摇晃起来，后面出现一个女孩的剪影，窗户打开了。我一只手抓着听筒，另一只空的手用力向她挥舞。工藤同学从窗户探出身来，也向我挥手。我差点就大喊：危险啊！

挂掉电话时，全新的电话卡度数几乎全用光了。我一边离开电话，一边频频回头看向工藤家，有个穿着牛仔外套、骑摩托车的高中生与我擦身而过。他从口袋里取出电话卡，走近电话拿起听筒，身体靠在便利商店的墙上，一副就是要讲很久的样子。以前，每当晚上看到像他这种在外面讲电话讲很久的年轻人——尤其是隆冬和盛夏的时候——我都会觉得世界上的傻瓜真不少，但我以后必须更正这个想法。这年头，已经是上班族人手一部手机，年轻人——订正，没有钱牵专线电话的年轻人都有公共电话的时代了。

回到家，我打电话给岛崎。这是出现在我行动模式中的第一个变化。以前遇到这种时候，岛崎都是我的第一个商量对象。

他没办法接电话。

“他在洗澡呢。”岛崎妈妈说，“我叫他出来以后回你电话。”

可是，岛崎却没有回我电话。我不敢去洗澡，一直等他，等了一个小时都没打来。我等得不耐烦，又打了一次，这次是岛崎爸爸接的。我说，对不起，这么晚还打扰，不过我在等岛崎回电话。结果……

“那真是不好意思啊。”伯父代他道歉，“俊彦那小子，这阵子经常发呆……”

伯父的声音听起来很得意：“他最近怪怪的。”

“怪怪的？”

“有女生打电话给他呢。”

我沉默了一下。是工藤同学吗，还是伊达同学？

“请问是同班同学吗？”

“这我就不知道了。我问他是不是学校的朋友，他回答说差不多，所以应该不是吧。咦？不过他怎么连绪方都没说呢？真是见外啊。”

伯父呵呵地笑了。

“不过，看在是你的分儿上，我才告诉你。他啊，每次那个女生打电话来，就坐立难安。你能相信吗？”

不能。可是，会是谁呢？

“我看到新闻了。”

来接电话的岛崎，劈头就是这么一句。

“我也看到了，所以才打电话给你啊。”

“这样命案等于已经结案了。”

真是好不容易啊，他说。可是，他的语气听起来很刻意，很不像他。平常的岛崎不会用这种方式说话——别人可能听不出来，但我就是知道，就像我吃得出砂糖和人工甘味哪里不一样。

“你真的这么想？”

听我这么问，岛崎笑了笑：“不然还要怎么想？等过一阵子田村警部比较闲了，一定会把详情告诉我们的。不过，大致的情况应该跟新闻讲得差不多，这样命案就结案了。”

我停了一下，改变攻击方向：

“岛崎，听说你有女朋友了？”

沉默降临，好像电话线突然断了一样。我的一颗心悬了起来。直到现在，我和岛崎之间，从来没有像这样突然被沉默的瞬间阻隔过。

过了一会儿，岛崎夹着苦笑——我想应该是苦笑，应该不是咬牙忍住怒气才对——说：“我爸跟你说的？”

“嗯。”

“我去！有个理发师爸爸，就得为他的长舌头痛。”

“那，真的是你爸说的那样吗？”

“差不多吧。”

岛崎的口吻很开朗，甚至可以说心情极佳。这让我很担心。他刚才说的话，全都是人工甘味，一滴就比砂糖甜十倍，但不是砂糖，不是真的糖。

这不是我所认识的岛崎，他一定在隐瞒些什么。

“真的吗？”

我开门见山地用这种很蠢的方式问，结果岛崎出声笑了。

“我这么不值得相信吗？你觉得我这么没人要啊？”

“是我们学校的吗？”

“不是。”像球弹回来一般迅速地回答，“在别的地方认识的。以后我再告诉你，现在你先不要管啦。”

我不知道该怎么接话，等我回过神来，我已经说溜嘴了：“这个星期天，我也要和工藤同学约会。”

沉默又来了。这次的沉默，像是岛崎从电话的另一端消失了踪影。明明有噪声，岛崎却不在。

我握着听筒，没有说话。我打定主意，绝对不要先开口。要是我说了什么，就失去知道岛崎真正反应的机会了——我觉得这样会给他时间思考如何回答。

不久，他以和刚才一样活泼的口气说：“真不知道你在耗什么。是不是伊达推了你一把？你这家伙，原来也蛮单纯的嘛。”

我吞了一口口水，喉咙发出咕嘟的声响。我很清楚，岛崎受到多大的震惊。岛崎不可能现在还指着我说我单纯。现在的岛崎，连自己在说些什么都不知道。

原来，你也是喜欢工藤同学的，是不是？

这句话都已经爬到我的喉头，可是，我却没有说出口。

挂了电话之后，我觉得没有说出这句话的自己好卑鄙。如果我说出来，就能让岛崎对这件事加以否认，这样他一定会觉得轻松多了。

就算那只是虚假的仪式，就算双方都明白彼此在说谎，但是……

你打击很大吧？抱歉啦。

别傻了，这什么话啊。

什么啊，我还一直以为你是我的情敌呢。

我们都认识这么久了，原来你一点都不了解我！

如果能像这样交谈，就算一来一往都是谎话，至少我们之间还能留下一条路。

可是我却没有说出来。我没有说，让我和岛崎之间竖起了一道门。我对这件事感到后悔，可是内心某处，却又感到超越了岛崎的喜悦，整个人被悬在这两种心情中间……

然后，过了一夜之后，就遇到这种状况。豪放女小姐突然找到学校来，她把车停在学校门口旁边等。

“岛崎同学呢？没跟你在一起？”

“他今天已经回家了。”

白天时，我们几乎没有说话。岛崎和我没有视线交会，上课也心不在焉。

听到我这么说，豪放女小姐叹了一口气说：

“总之，能等到绪方同学已经算很好了。占用你一点时间，我有话想跟你说。”

就这样，我们两个人又来到了鲍伯叔叔的店这里。

我不再让视线沿着豪放女小姐下巴的线条走，喝了一口百事可乐。冰块融化了，酸酸的味道留在舌头上。

“警方确定是他杀吗？”

“这点就很微妙了，所以我们才没有对外公开。”

“报纸我看得很仔细啊，上面写着没有外伤……”

“是啊。光看遗体，真的找不到什么可疑之处。可是，其他还有一些需要考虑的因素。”

“比如说……”

豪放女小姐微笑：“不告诉你，你就不肯罢休？岛崎同学也就算了，我还以为绪方同学不会追问的。”

这种比较方式，实在不怎么令人高兴。

“好吧，我就告诉你吧。”

豪放女小姐瞄了一下四周，视线落在说明鲍伯叔叔的店的汉堡为何好吃的海报上，稍微思考了一下，然后再度面向我说道：

“钿山的死因是溺死。这一点报纸也报道了吧？也就是说，他是在喝醉了意识不清的状态下淹死的。遇到这种情况，很难辨别到底是意外、自杀还是他杀。也有可能是有人硬把钿山灌醉，再把他扑通一声丢进海里，不是吗？”

“是啊，的确有可能。”

“依照尸体的状态，钿山死后在海里的时间并没有很久。法医认为顶多是十二到二十个小时左右。尸体是星期四晚上八点打捞上来的，这么一来，他就是同一天的午夜零时到上午八点之间，在海里溺毙的。”

我垂下眼睛看了看手表，确认时间之后，点了点头：“原来如此。”

“那么，在那段时间，钿山是怎么到晴海第三码头去的呢？这时候，即使我们暂且不管他‘为什么会去那种地方、去那里做什么’，但是要到那种地方，一定得利用某种交通工具才行。”

“我有一个问题。”

“什么问题？”

“钿山会不会一直躲在晴海的饭店之类的地方？直到厌倦了那种生活便自杀……”

豪放女小姐得意地一笑：“很可惜。虽然的确有这种可能性，但那一带的住宿设施我们从头到尾找过了，并没有找到疑似钿山的客人。”

“会不会是在街头露宿？”

豪放女小姐装模作样地摇摇手指头：

“不不不，那种世界也是有他们的规矩的。一有新人进来，消息会立刻传开。晴海附近的游民说，他们最近并没有在这一带看到类似的人出没。”

和豪放女小姐的一问一答，让我心情稍微好了一点。平常这是岛崎的工作，我只负责在旁边听。但是今天不同，今天我是主角。

“所以呢，问题就是，钿山是怎么到晴海第三码头去的。”

“也许他先躲在那儿附近，再走路到晴海。”

“是有这个可能。但是，虽说是深夜到清晨，但那里可是港口，有的是有警卫的仓库和二十四小时三班制的物流公司，还有刚才说的游民。如果钿山是走路到晴海的，途中应该会被人看到吧？”

嗯，大概吧。

“那么，他就是搭电车或公交车去的啰。”

“可是，半夜十二点已经没有公交车了。清晨第一班车是早上五点多发车的，但是司机说他不记得看到过钿山。刚才说过，死亡时刻最晚是星期四早上八点，可是那天早上六点起，海运公司的人就已经到场工作了。所以，实际上我们应该考虑的是星期四午夜零时到早上六点的这段时间。这么一来，最有可能的就是清晨五点多的公交车，而那段时间的客人很少，司机先生们都记得很清楚。”

“那，再来就是出租车了。”

“可是呢，也找不到那样的车。”豪放女小姐很愉快地说，“晴海码头可不是银座、新宿或六本木这种地方。晚上载客到那里的出租车，数都数得出来。截至目前，并没有接到载过这种客人的消息。当然，我不敢说以后绝对不会出现这种可能性，但我们对这一类的调查是很拿手的，我想应该不会有遗漏。”

我耸耸肩，就像岛崎那样。

“那么，换个观点，尸体会不会是从别的地方冲过来的？”

豪放女小姐摇摇头：

“那是海港里面，才一个晚上不可能移动那么远。当然，距离他落水或被推下水的地点，多少是有些移动吧。不过，应该是在误差范围之内。”

她喝了一大口百事可乐之后，问：

“这样你能接受了吗？”

“好像有点被迫接受的感觉。”

“可不是吗？所以我们无法完全排除他杀这条线。可能有人灌了钿山稔一大堆酒，开车带他到晴海码头，把不省人事的他扑通一声推进海里……”

或许这是一种不会痛苦的死法，我并不觉得恐怖。

“可是，我们一直说他杀他杀的，谁有必要杀死钿山呢？”

豪放女小姐靠过来，将音量压低：

“就是‘公司’的余党。”

听到这句话，我也忍不住倾身向前。

“他们有余党？”

“是啊，似乎没有被一网打尽。我们是在调查的阶段，听到‘公司’成员的供述才知道这件事的。”

我的天啊！

“可是，为什么他们非杀钿山不可？他的确是想脱离‘公司’，可是他又没有去向警方密告。钿山稔所做的，不就是杀了森田亚纪子而已吗？”

豪放女小姐又注意了四周一下，店里没什么客人。她用视线扫了四周一圈，反而引起了老板的注意。老板手里切着番茄片，微歪着头看我们。我们这两个人的组合看起来大概很怪吧。

这下豪放女小姐为难了。她提高音量对老板喊道：“不好意思，我们要两个大汉堡。”

老板回答：“好的，谢谢！”

“顺便再来个薯条，大的。”

加了这句之后，豪放女小姐凝视着我：

“这件事要保密，千万不能告诉别人。”

“那当然了。”

“钿山他，”豪放女小姐像要吊我胃口似的缓缓地说，“好像从‘公司’拿走了什么东西。”

“东西？让‘公司’没了会头痛的东西吗？”

豪放女小姐点点头："顾客名单。"

我把身体缩回来，也凝视着豪放女小姐。这时我才发现，刑警小姐真是不会画眼线。

豪放女小姐撇着嘴，一副很懊恼的样子。

"'公司'那边，好像有一份名册专门记录极少数的顶级贵宾，只有干部等级的人才有机会看到。他们是用电脑来管理的，要有密码才打得开。"

"那，钿山偷了那份资料？"

"对，大概是拷贝在磁盘之类里面带走了。我们不知道他是怎么办到的，也许他对计算机很在行。"

"警察没有搜到那份名单吗？"

豪放女小姐用拳头捶了桌子一下："就差那么一点点！我们冲进去的时候，资料已经被删除了。这件事我们没有告诉媒体，因为这是我们摆的大乌龙。计算机就是这一点最伤脑筋。以后攻坚之前，一定要先把电源切断。"

豪放女小姐好像真的很懊恼，说得咬牙切齿的。

"因为有这样的内情，我们也急着要将钿山逮捕到案。"

说得也是，只不过……

"钿山偷那种东西，到底想做什么呢？"

我的脑海里闪过"恐吓"这个字眼。可是，害怕森田亚纪子的钿山，不可能有那种胆量。

"原因只有他本人才知道了。"豪放女小姐低声说。

"他很想脱离'公司'，或许是那个地方让他感到厌恶，一切的一切都让他感到良心不安吧。他可能是想拿着顾客名单来投靠警方也说不定。”

我耳朵里听到煎我们汉堡的声音，鼻子闻到香喷喷的味道。

“这些我都明白了。可是，为什么要把这么重要的事告诉我呢？”

“虽然我们把这件事压着，但媒体的鼻子是很灵的。有些记者已经开始到处打探，调查钿山是否真的是自杀身亡。”

极有可能。

“那些人搞不好会去找你们的朋友工藤同学，我不敢保证没有。我希望你们能多关心她，因为可能又会让她不好过了。”

原来如此。如果是这件事的话，我可要毛遂自荐。

“包在我身上。”

“岛崎同学和伊达同学那边，也麻烦你转达。”

我心里好像有一股温温的热水满溢出来，不禁脱口而出：

“豪放女小姐，谢谢你这么关心她。”

豪放女小姐眨着眼睛，然后微微一笑。

“这是应该的。再说……”她稍微垂下了视线，想着该怎么说，“工藤同学看起来是个很纤细、不怎么坚强的女孩子。我看起来是这样啦！”

“事实上的确是这样。”

“所以才让人担心啊。”

“这件事，她那边……”

“田村警部应该会去说明，不仅仅是对她，还有她的家人。当然，森田家也是。”

我一边点头，一边想到一件很不吉利的事。

“那份顾客名单还没找到吧？”

"是啊，还没找到。不过，杀了铟山的那些人也许已经拿回去了。你怎么会问这个？"

虽然讲出来很不吉利，我还是硬着头皮说出来："我是想，'公司'的余党会不会为了取回那份名单，而去接近跟命案有关的人。"

"你是说森田家的人吗？"

我点头。不过，脑子里想的是另一个人的面孔和名字。当然，就是铟山嘉男。

"我想这一点不需要担心。"豪放女小姐说，"因为，铟山没有理由把那份名单交给森田家的人保管。"

可是，如果是铟山嘉男呢？他可是铟山的父亲。正当我犹豫着该不该把这件事说出来的时候，老板把汉堡端上来了。

"看起来真好吃！"

豪放女小姐露出笑容。

"要不要再来一杯百事可乐？"

豪放女小姐托我的事，当天我就向伊达同学和岛崎报告了。他们两个很爽快且可靠地答应了。

我和岛崎之间的对话，还是很不自然。岛崎说起话来仍是一副若无其事的模样，但是依然充满人工甘味的味道。

我没有向工藤同学提起这件事。因为我决定，如果她不主动提起，我就不碰那个话题。我们说的都是明天约会的事、电视连续剧的事、同班同学之间的八卦等，快乐地度过我们的时光。我认为，工藤同学最需要的，就是快乐的时光。

即使我和岛崎之间出现了高约一米的围墙，但是那天晚上，我的心情依然是粉红色的。

临海公园的天气很好。

她真的做了很多鸡蛋三明治——非常好吃的三明治，我们认真地参观了一阵子之后，便坐在人工沙滩的长椅上吃起来。

约会的时候，我们也没有提到命案的事。事实上，我甚至都忘了。白河庭园发生的事，已经离我越来越远了。

看来工藤同学也一样。她犹如万花筒般千变万化的丰富表情又渐渐回到脸上。海风很冷，我觉得自己选错了约会地点，不时向工藤同学说抱歉，她却笑了，说这样很舒服。吃完三明治之后，我们不得不赶紧到水族馆里去避难。正当我们背对海滩、爬上楼梯的时候，工藤同学回过头看着闪闪发光的海面，眺望着远方说：

“明年夏天我们再来吧。”

不是“好想再来”，也不是“如果能再来就好了”。这是一个约定。这对我个人而言，不但是一个值得高兴的约定，也是工藤同学许久以来，自白河庭园的命案以来，又开始朝未来思考的证明。

我们在水族馆里的咖啡店喝热咖啡，四周有很多情侣。我内心暗自得意，觉得自己不但成为他们当中的一员，而且和我在一起的女孩子，跟那些情侣中的女性比起来，显得更可爱、更漂亮。

这时，让我引以为傲的工藤同学，小声地开口：“绪方同学，最近你跟岛崎同学是不是怪怪的？”

因为出其不意，我很不中用地回答：“啊？”

“这阵子，你们没有以前那么要好了，对不对？”

工藤同学有一点下垂的眼角，垂得更低了。

“没这回事。你怎么会这么想呢？”

“是我想得太多了吗……”

“是啊！”我笃定地回答，心里却想着，我真是不会说谎啊，“再说，我跟岛崎本来就不是一天到晚黏在一起。你看嘛，我们社团不一样，兴趣什么的也完全不同。”

工藤同学的视线轻轻地从我身上离开。她凝视着手边的咖啡杯，好像在犹豫什么似的，咬了两三次嘴唇之后，小声地说：

“这个春天——正好就是连假的时候，虽然只有短短一阵子，我跟岛崎同学交往过。”

19

这件事并非完全出乎我的意料。不但不意外，我甚至一直隐约有点害怕听到这段话。

可是，我还是乱了阵脚。在那一瞬间，我觉得脚下空了，我无声无息地直直往一个无底的悬崖坠落，甚至感觉到衬衫袖子因为坠落时的气流而翻动。

但，当我回过神来，我的衬衫——为了今天的约会，我穿了一件全新的法兰绒格子衬衫——袖子纹丝不动。我也没有站在悬崖边，一脸认真的工藤同学就坐在我旁边。也许是我多心，但是她凝视着我的样子好像很担心。

“我曾经跟岛崎同学交往过，不过只有短短的一阵子而已。”

她重复了一遍，不过顺序跟刚才的颠倒了。就算只差一秒，但是后面那句话留在心里的分量重得多。“不过只有短短的一阵子而已”，这句话安慰了我。

“我也想过可能发生过这种事。”我也不知道自己是怎么办到的，不过我极力以平常的口吻说道。

“是吗？”工藤同学眨巴着眼睛，“你发现了？”

“还不到发现的程度，只能算是有点感觉吧。”

工藤同学的视线从我脸上移开，转向坐在我们邻桌一对看似大学生的情侣那边。那对情侣握住彼此的手，隔着桌子讲话，两个人的脸近得简直要贴在一起。

“第一学期的时候，我的位子和岛崎同学离得很近。”

工藤同学维持同样的视线，以唱歌般的语气说。

“嗯，我记得。因为那时候我很羡慕岛崎。”

我们班上女生比男生多。第一学期按照五十音的顺序排位子时，“K行”的工藤同学旁边坐的是“S行”的岛崎。属于“A行”的我，坐在工藤同学前面三个位子的地方，所以为了看到她，我每次都得特地向后转才行。

“一开始，岛崎同学就经常找我讲话。其实也不是聊什么，只是说些今天很冷啦、老师好慢之类的……”

所谓的“近水楼台先得月”，指的就是有机会说这类没营养的话。

“不久之后，我们开始聊看了什么书、社团做了什么事之类的话题……”

工藤同学还是注视着那对情侣，没有看我。然后，就这样舔舔嘴唇，迟疑地说：

“和岛崎同学聊天，总是很愉快。”

我再度感觉脚边的悬崖吹起彻骨的寒风，不由得紧紧握住咖啡杯。

“岛崎他，喜欢头脑好的女生。”

听到我这么说，工藤同学总算转过头来看我，可是这次换我垂下视线。

“他不是那种会经常谈论女生的人。像他，就从来不曾说过他喜欢哪种类型的女生。只有一次，他曾经告诉我：‘我喜欢头脑好的女生。不是聪明的女生，而是头脑好的女生。’”

工藤同学轻声笑了。因为她笑了，我总算有勇气看她的眼睛。

“我的功课没有岛崎同学好呀。”

“不是那方面的头脑好。我也不太会讲，不过我懂他的意思。有人头脑好功课却不好，就算聪明——也不代表有智慧。”

岛崎说这件事的时候，我觉得很有道理。可是，从我嘴巴里说出来，听起来却像文字游戏。这一点让我觉得自己实在很逊。

“反正，岛崎知道工藤同学是头脑很好的女孩子。所以，他和工藤同学聊天一定也很开心。”

反过来，我努力回想那时我在做些什么。那时候，我已经对工藤同学有意思了，所以每天都在注意她。第一学期结束之后，我们一年级新生也熟悉了学校生活，对了，我那时心里盘算着，等暑假快到的时候，要找机会跟工藤同学说话。而且还想着，要是在那之前岛崎跟工藤同学太要好，那就麻烦了。

但是另一方面，我在心里也模模糊糊、没有任何根据地，认为岛崎应该不会比我早交女朋友。因为我是足球社的，而他是将棋社的。别的不说，对女孩子来说这影响可大着呢。其实如果睁开眼睛看清现实，在体育课里，我的五十米短跑时间、三级跳的距离，从来都没有赢过岛崎，可是我认为，对女生而言，和“真相”相比，属于体育社团还是艺文社团这个“事实”才是更大的卖点。

最重要的是，那时我万万也没有想到，我和岛崎会喜欢上同一个女生。

好了，现实又是如何呢？梅雨还没过，我就被卷进我们家的一桩大事件，有一阵子连上学都有困难，暑假也忙着解决这件事，对工藤同学的爱慕，直接被我放进寄物箱里存着，就这样迎接了第二学期……

然后，就到现在。

“你说，你和岛崎交往，是放连假的时候？”

“嗯。”工藤同学点点头，又轻声笑了，“岛崎同学是这么说的：‘订报纸送了免费的电影票，有两张，怎么办呢？’”

工藤同学说，那是一部适合阖家观赏的喜剧片，是黄金周的强片之一。听到片名，我就想起来了。不久之前，那部片推出录像带，我和岛崎去了录像带出租店。

我和岛崎有时会一起去录像带店，一起出钱租带子到他家或我家看。我们看的绝大多数是上档时没办法去看的新片。那时候，我从新片区选了那部片。结果岛崎说：

“那部片看起来很无聊，不要租啦。”

什么无聊，是你根本就已经看过了。

“所以，你们就一起去看电影了。”

“嗯。”工藤同学低下头，“看完以后，我们到车站前的麦当劳去吃午饭。”

岛崎那家伙，当时可是连半个字都没有跟我提过！

“然后在麦当劳，我们约好下一次的约会。将棋社不是有友谊锦标赛吗？”

我们学校有一个惯例，每年都会以社团活动交流为目的，和同一地区的其他学校举办两次活动，体育类社团举办友谊赛，艺文类社团就举办联合作品展或音乐会。一次是在春天的连假之后（意思就是可以利用连假来准备），一次是在第二学期的期末考之后，选一个星期六的放学后举行。双方学校轮流主办，偶数年是我们，奇数年是另一个学校。今年轮到我们学校主办。

多年来，将棋社都把这个传统当作绝佳的比赛交流机会。所有需要竞争的事情都一样，绝对不能当井底之蛙，要知道人外有人，天外有天，而将棋社顾问老师的方针，便是认为同学们有必要通过认真的比赛，亲身体验这一点。故而，将棋社的友谊锦标赛，紧张程度和压力都足以和真正的名人战相媲美。

“岛崎同学问我要不要去看那场锦标赛，虽然我对将棋一窍不通……”

岛崎要出赛，所以你一定去看了吧。我在内心低语。

“他很厉害吧？”

春天的友谊锦标赛，岛崎把在座的学长们远远抛在身后，场场获得优胜。对方学校的顾问老师还因为欣赏岛崎的棋艺，甚至特别加了一场观摩赛，与岛崎对弈。说得更详细一点，这场平下棋局——就是一子不让的公平比赛——虽然险象环生，但最终还是岛崎赢了，而且那个学校的顾问老师还是业余五段的实力。这些都是我后来听说的。

是的，我并没有亲眼看到这场比赛，因为同一时间，足球社也在进行友谊赛。不过工藤同学所属的网球社，友谊赛则排在隔周的星期六。我们学校场地很小，体育类社团不可能全部一起比赛，无论如何日子都会错开。

“那，如果那时我也去看了将棋社的锦标赛的话，就会遇到工藤同学了。”

然后，想想为什么工藤同学会去，自然就会察觉岛崎和她之间的亲密关系了吧。就算我再迟钝，也不至于看不出来。

工藤同学喝了一口装在塑胶杯里的冰水。

“可是，后来就再也没有了。约会就只有那两次而已。”

“真的吗？”

这句反射性的回答，却好像伤害了工藤同学。

“我才不会为了这种事说谎。”

“嗯。”我像个傻瓜似的点头，跟工藤同学一样喝了口冰水。我总算明白为什么咖啡店要端冰水给客人喝了。当咖啡杯空了，不想再加点，却又无事可做的时候，冰水便派上了用场。如果没有冰水这种东西，世上所有的咖啡店一定会充满许许多多“不说为妙的话”吧。

“你不问我原因吗？”

工藤同学突然郑重其事地问我，视线又转向隔壁的情侣。

“原因？”

“为什么友谊锦标赛是最后一次约会，后来就再也没有了，你不问吗？”

我没说话。我觉得这真是个残酷的问题。不过我想，是我让她提出这个残酷的问题的。

“我被甩了。”工藤同学冒出这句话，“我想我是被岛崎同学甩了。因为后来，他就再也没有约我去看电影，在教室里，也不像以前那样跟我聊天了。虽然岛崎同学装作跟以前一样，但他的态度渐渐不同了，我感觉得出来。”

有时，女生在说“我”时的眼神会有所不同。等我明白哪种眼神是男生所喜爱欣赏的，可能都是年纪一大把的大叔了，那时候也不需要去理解女孩子的眼神了吧。就像不断练习，好不容易学得一身达到预赛标准的功夫，结果年龄和体重却已超过参赛资格，接下来就只剩当教练这条路。正因如此，全世界的大叔都喜欢说教。

“我很失望。”工藤同学说，“我想，是不是我哪里不对呢？”

“一定是因为工藤同学不懂将棋啦。”我说。

“我想，是不是我脑筋太差，让岛崎同学失望了呢？”

“一定是因为工藤同学不懂将棋啦。”我说。

“我想，是不是有更可爱的女孩子呢？”

“一定是因为工藤同学不懂将棋啦。”我说。

“是不是因为我腿太粗了呢？”

“一定是因为工藤同学不懂将棋啦。”我说。

“是不是我那时脸上长了青春痘呢？”

“一定是因为工藤同学不懂将棋啦。”我说。

“是不是我……”

“一定是因为……”

我们同时停了下来，看着对方笑了出来。

“我已经不介意了。”她说，“也不认为那有什么了，暑假放着放着就忘了。而且现在想起来，岛崎同学毕竟对我太严格了。”

“严格？”

“嗯，各方面都是。因为他头脑太好了。”

我头脑却不怎么好啊……我正这么想的时候，工藤同学笑出声来。

“这时就像刚才绪方同学说的，所谓的头脑好有很多种吧？”

一下子，我的心情就好了起来。悬崖峭壁消失了。

“要不要去卖纪念品的地方看看？你不是说想要鲸鱼的照片吗？”

我一提议，工藤同学就回答“嗯”，然后轻盈地站起来。我向她伸出手，她握住我的手。我们牵手了。

我们离开座位时，后面那对情侣看着这边笑了笑。我还听到他们说“明明还是小鬼”之类的话。

嘿嘿，彼此彼此啦。年轻人。

那天，我很早就送工藤同学回了家，在她家门口跟她分手，在飕飕的冷风中飙自行车回家。一进家门，就看到爸一个人在看电视，正好在播新闻。没有钿山命案、“公司”案的后续报道。

那是个宁静的夜晚。吃过晚饭之后，我开始打电动，可是很快注意力便无法集中，后来就躺在床上，呆呆地看着天花板。

20

第二天开始是新的一周，对我而言，还是人生全新一章的开始。笑我太夸张的人实在很不幸，因为他们已经把从前第一次拥有“我的女朋友”或“我的男朋友”的那种喜悦心情忘得一干二净了。

我有一种感觉，觉得自己的坐标已经确定下来了。我不再只是一个点，我有了一个对象，可以从我开始，画一条线连接到她身上。

岛崎还是跟平常一样来上学，跟平常一样一脸无聊地上课，可是功课却很好，到了午休时间还真的会睡午觉。

只不过，他还是有点怪。一放学，他连将棋社也不去，拿着书包就直接回家。要是他参加的是体育类社团，这种行为简直大逆不道，肯定会被学长叫出去狠狠教训的。

我想起了岛崎爸爸说的话：有女生会打电话给他，然后他就会坐立难安。我也想起了岛崎的话：过一阵子我会告诉你，现在你先别管。

照工藤同学的描述，并不是工藤同学甩了岛崎。虽然拒绝的方式温和而不伤感情，但毕竟是岛崎甩了她。既然这样，那我现在和工藤同学交往，岛崎还会受伤，就太奇怪了。

我和岛崎之间依然有一道无形的墙。但那道墙的材质，可能不是我原先担心的那种。也许岛崎真的也在同一个时期“谈恋爱”，所以他目前的心态，是认为稍微先把死忠换帖的男性朋友摆两边也没关系，也许是如此单纯的原因，让我们之间稍微产生了一点隔阂。疑心这、疑心那实在太可笑，不要自己在那里胡思乱想——我越来越这么觉得。

这周过了一半，午休时工藤同学拉着伊达同学来到我座位说：

“喏，下次啊，我们四个人去时代特区好不好？”

“时代特区”是最近在车站前新开幕的一家游乐场，里面有以穿越时光为主题的虚拟实境机台，在我们中间是一家当红的店。

“下午人会很多，我们上午早点去。”

“好啊。不过，四个人是指……”

伊达同学害羞了：“桥口同学。”

工藤同学笑眯眯地说：“我们中午在鲍伯叔叔的店吃，吃完以后，再到桥口同学家玩。桥口同学的爸爸有计算机，说星期天下午可以借我们。”

“听说可以玩 CD-ROM 的游戏，还可以上网呢。”伊达同学补充。

真是健康青春的双生双旦双约会啊。

这件事，我们当场就说定了。日期是下星期天，早上十点集合。放学后，我要去社团之前，刚好经过站在走廊上讲话的工藤同学和伊达同学旁边。两个女孩子计划着要到购物中心，去买约会要穿的衣服。

那天晚上，我跟工藤同学通电话时拿这件事取笑她，结果她大笑，说：

“偷听女生讲话，会被讨厌哦。”

我和工藤同学当然都没有专线电话，不过，我们房间里都装了分机。所以，如果只讲几分钟，而且时间固定的话，就可以放心地听到彼此的声音。

每天晚上和工藤同学聊上几句已经成为我的习惯，我一边放下听筒，心里一边开始想，等到足球社集训外宿的时候该怎么办。

才放下听筒，我又马上拿了起来。好久没打电话给岛崎了，打给他看看。

这次马上就找到人了。电话铃连一声都还没响完，他就接了。简直像在电话旁边等着我的电话似的。

“你失踪好久了。”听到我这么说，岛崎笑了。

“在学校不是见过面了吗？”

“我不是那个意思。”

我简短地把下星期天的计划告诉他。当然，我不是约他。我知道就算找他一起去，他也不会去。只是，我不想去双约会却没事先告诉他。

“哦……”岛崎的声音听起来很高兴，“是啊，原来伊达跟桥口很顺利啊。”

“你不知道吗？”

“知道啊。应该是说，我知道桥口有写信给伊达。”

这件事我可不知道。

“伊达是个好人，真是太好了。”

对啊，岛崎跟伊达同学也蛮好的。仔细想想，这家伙真是神奇，他跟女孩子之间的往来也蛮频繁的。

这样的话，从岛崎的立场来看，也许他并没有以甩掉或被甩的层次来看工藤同学。

提到这，伊达同学不也说过吗？“你这样比较，对小久和岛崎都很没礼貌。”

这样的想法，让我松了口。

“你跟你女朋友还顺利吗？”

岛崎没说话，我有点慌。不过，马上就听到他很有精神的声音：

“我才不像你，一天到晚脸红。”

说完之后，突然用演戏般的声音说：

“‘洛阳城里花背归’啊。”

完全没听懂。

“你这个人，真的很讨人厌。”

啊哈哈！岛崎笑着挂了电话。真开朗。他果然是真的交了女朋友了—— 一定是的，我想。

虽然还有一些疑点没有解决，我依然处在软绵绵、轻飘飘的幸福心情之中。第二天，却听到了一个意想不到的新闻。

“森田家遭小偷了。”

工藤同学喘着气告诉我的时候，早上第一节课还没开始。

“遭小偷？”

“昨天晚上，大家都睡着的时候。我姨父醒来开灯，小偷就急忙逃走了。”

“有没有人受伤？”

“没有。不过很奇怪，小偷只翻亚纪子姐姐的房间。应该是说，放了亚纪子姐姐东西的房间。”

我立刻想到“公司”的余党，他们在找那份顾客名单。

这件豪放女小姐慎重交代不得公开的极机密事项，大众媒体和社会都还不知道。所以，接下来我和工藤同学之间的对话，显得非常神秘。

“是在找那个吧？”

“一定是的。田村警部立刻赶来，答应帮忙加强警备。”

“工藤同学那边呢？”

“警部先生吗？没有来。他说‘公司’不知道我们家，应该不要紧。不过我们很小心门户。”

“还是小心点的好。真伤脑筋，警方也应该早点把事情解决啊。”

“真可怕。”

讲台上传来“工藤，回座位坐好”的声音，第一节课的英文老师来了。工藤同学吐了吐舌头，赶紧回座位。英文老师以惊讶的眼神看着她。

那可是至今从来没有被老师念过一句的工藤同学呢！真是女大十八变啊。

那天，因为在学校没办法好好谈，到了晚上我便打电话给岛崎。

命案虽然结案了，但是“公司”还存在。我满脑子想的都是锢山嘉男。他的处境安全吗？他的事情，是不是最好跟田村警部报告一下？我想破了头也想不出个结果，所以还是想找岛崎商量。

可是，岛崎却不在。他人应该在房间的，却不在。自行车也不在。

“那孩子，一定又偷爬屋顶溜出去了。”岛崎妈妈很生气。

哦？我心想，偷爬屋顶溜出去，是去见女朋友啰？

“会不会是去录像带店了？我跟他说过今天晚上会过去。”我安抚岛崎妈妈。

“上星期天岛崎也出门了吗？”我问。

“这阵子，他星期天根本没有在家过。”

我再一次感到惊讶。我对岛崎妈妈说：

“那一定是去约会了吧。”

“约会？”岛崎妈妈的声音高了八度。

虽然对不起岛崎妈妈，但我却感到很开心。我也想听听我女朋友的声音，就打了电话给工藤同学，又觉得光听声音不过瘾，所以说了声“等我五分钟”，就骑着自行车冲出去了。对于妈妈的质问，我的回答是：“便利商店！”我没说谎，我是要去工藤同学家前面的便利商店打电话。

七分钟后，我握着公共电话的听筒，抬头看着站在窗边的她。天气那么冷，她却打开窗户，让我看见她的脸。

回家路上，反正都已经出来了，就顺便——我还没意识到，自行车就已经往岛崎家的方向骑去。也许他已经回到家了，搞不好可以看到岛崎一边躲她妈妈的愤怒炸弹，一边闪人的模样。

转过一个弯，经过两根电线杆。在下一个有町内会公布栏的地方转弯之后，便是岛崎理发店的门口……

就在这时，我感觉到有人，便把自行车停了下来。幸好我没有骑得太快。

岛崎理发店前面有人，有说话的声音。在路灯之下，有两个长长的影子。

“尽可能提高警觉……”

正在小声说话的人，是岛崎。

我把自行车停在公布栏旁边，蹑手蹑脚，甚至还屏住呼吸，从转角探出头来。

岛崎理发店前面，站着岛崎和一个修长的女孩子。她穿着芥末色的西装外套和牛仔裤。中长的头发绑得很整齐，是个大美人……

而且，我对那张脸有印象。

21

他们两个站得非常近，几乎快靠在一起了。就连我和工藤同学，也是到了最近的最近才会像那样靠得那么近。

她就是岛崎的女朋友吗？岛崎那家伙，竟然交到这么漂亮的女朋友？说到这儿，为什么我会对那个女孩的长相有印象呢？我在哪里见过她吗？

他们两个把脸凑在一起商量事情，我大气也不敢喘一下，又向前走了一步。我可以看到在路灯之下，岛崎的表情非常严肃，也看得到女孩的眼睛闪闪发亮。

“我还是很怕，觉都睡不好。”女孩说。

“那是当然的啊。”岛崎回答，语气是前所未有的温柔。连安慰工藤同学的那时候，他都没有用这种语气跟她说话。

“没什么好担心的。没有人知道你的存在，其他的事只要交给我们就行了。”

我整个人都愣住了。

“我们”？“我们”指的究竟是谁？

至少，那个“们”字里并不包括我。我不在内。因为我什么都不知道，没有人告诉我。

突然间，我觉得自己脚开始发软。在我不知道的地方，岛崎有所行动——岛崎是刻意隐瞒我的。不是因为我的头脑没有岛崎灵光才看不出来，而是刻意把我排除在外。

女孩继续说：“是下个星期天晚上没错吧？”

岛崎稍微犹豫了一下，点点头：“嗯。”

“真的没问题吗？”

女孩的语尾在发抖。好像为了鼓励她似的，岛崎露出笑容：

“没问题，不用担心。”

喂，你们在说什么啊？

下个星期天，是我们双约会的日子。可是，这两个人讲的不可能是双约会的事。

我完全听不懂。这种事从来没有发生过。天底下竟然有这种事？

在我被卷进自己脑海里的旋涡时，他们两人结束了谈话。女孩跨上自行车。我回过神来，竖起耳朵。

“那，晚安。路上小心。”说话的是岛崎。

“晚安。”女孩回答。她正准备踩下踏板时，突然停下了动作，单腿着地撑着自行车，转过头去对岛崎说：

“岛崎同学。”

“嗯？”

“谢谢你这么帮我。”

然后，她迅速踩了踏板一下开始骑车。丁零！铃响了一声，她向我藏身的转角骑过来。我急忙缩回自行车那里，在轮胎旁蹲下来，很蹩脚地假装我刚才一直在那里修内胎。

我才刚在轮胎旁边蹲下，女孩的自行车便像风一般从我旁边经过。我抬起头目送她离去。不知道她有没有注意到我，只见她面孔朝着正前方，让晚风吹拂着她的刘海儿，越骑越远。

她经过我旁边的时候，路灯正好照在她头顶上，她的耳朵上有个东西闪了一下。那是非常小的闪光。如果不是在耳边而是在眼角，我一定会以为是泪水。

我再一次小心翼翼地观察一下四周，确认没有别的声响之后，才回到转角那边。岛崎还在那里，姿势跟刚才一样，朝着女孩离去的方向，站在那里。

苍白的路灯照在他的脸上，他的表情，正经得可以用肃穆来形容，同时又灰暗得令人难以想象，明明他前一刻还在跟一个美丽的女孩单独交谈。就算刚才他和女孩之间，谈的是突如其来又不得不接受的分手，他的表情也太过灰暗了。简直就像有人把他的笑容偷走了，把他的心敲碎了，仿佛他是世界上唯一知道这个夜晚将永远不会结束的先知。

如果没看到他那个表情，我一定早就出声叫他了。喂，刚才那个女生是你女朋友吧？你们在讲什么啊？我一定早就这样问他了。

但我却办不到。我的脚动不了，喉咙也发不出声音。

不久，岛崎转身进了家门。他的身影消失之后，我走到他家大门口。就连早已经看惯的、不知道在那下面进出过几次的“岛崎理发店”的招牌，都显得好生分。

那女孩是谁？

她和岛崎在说些什么？

“我们”的“们”里包含了什么人？

岛崎的表情为什么会那么严肃？

下个星期天晚上，有什么事？

关于这些疑问，只有一点是非常明确的。那就是，如果我拿这些去问岛崎，他绝对不会回答我。我唯一的办法，就是靠自己的力量找出答案。

那天晚上，我躺在床上绞尽脑汁。这件事我不想告诉其他人，也不希望别人介入，从那女孩的说法听起来，我觉得即将来临的事情透露着危险的气息。

我不想把这件事告诉工藤同学或伊达同学，害她们担无谓的心。尤其是工藤同学，我不希望她再为与岛崎有关的事伤神了。我要一个人处理一切。

“下个星期天晚上”就是问题所在。岛崎到底打算做什么？

幸好我有一个线索，就是“晚上”这个时间是很明确的。白天我跟工藤同学她们一起出去玩，傍晚先回家，然后说要去找岛崎念书，再出门就行了。这么一来，我就可以在看得见理发店的地方埋伏、跟踪。照岛崎的行为模式，他一定又会趁伯母不注意，从晾衣台出去。要选埋伏的地方很简单。

对我有利的是，岛崎并不知道我晓得这件事。我要谨慎行动，绝对不能让他发现我的计划。

岛崎在学校依然是老样子。他和那个神秘女孩分手时那副“我正在为这个世界的末日倒数计时”似的悲惨表情，不知道收到哪里去了。

上课还是照样我行我素，但考试分数照样好得让人很怄。将棋社那边也是，因为友谊锦标赛即将来临，社内正在举办热烈的对局，有一次因为岛崎在午休时间双手交叉，一脸遇到难题的样子，我就悄悄溜到他背后去偷看，结果他是在看米长名人的书。

“岛崎真是的，满脑子都是将棋。”伊达同学说。这阵子岛崎老是约不动，她大概是这样解释吧。

“如果岛崎认真走将棋这条路的话，以后搞不好会跟羽生名人一样厉害。”她还这么说，“这样，我们将来就有机会以老朋友的身份上电视了。”

我虽然笑着听伊达同学说这番话，内心却暗自说，我有没有那个机会，还得看这个星期天晚上的结果如何……

傍晚我回到家时，豪放女小姐打电话来。

“这是问候电话啦。大家都好吗？”

听到豪放女小姐清晰明快的说话声，我的脑海里不禁闪过一个念头——岛崎隐瞒我的事，会不会与警方，也就是田村警部及豪放女小姐这条线有所关联？好，我也来向豪放女小姐“问候”一下。

“很好啊。期末考和友谊锦标赛快到了，大家都很忙。”

“友谊锦标赛？那是什么？”

向豪放女小姐说明赛事由来的那段时间，我思索着该如何把消息打探出来。

“哦，那真是不错，听起来好有意思。”

“还好啦。后来案子怎么样了？那份顾客名单找到了吗？媒体那边好像还不知道消息的样子。”

不管是报纸还是电视，都已经完全不再炒作“公司”或森田亚纪子的命案了。对大众媒体而言，这两个案子都已经结束了吧。

“别闹了。这件事要是被外面知道，真的会很惨。”豪放女小姐以相当认真的语气说，“拜托，千万别从你这里泄露出去。”

“我知道啦，相信我。”

“那就好。”

我想起工藤同学告诉我森田家遭小偷的事。我向豪放女小姐提起这件事，她好像感到很歉疚，低声说道：

“我们警方真是太丢脸了。还好没有损失，也没有人受伤。我们虽然也对森田家加以监视，但是没想到他们真的会找到森田家去。”

“‘公司’的余党一定是被逼急了，无论如何都想拿回那份名单吧。”

我心里浮现出钿山嘉男的面孔，嘴里塞满炒面面包，含着泪的面孔，在车站告别后的背影。他不要紧吗？“公司”的余党，不会设法找到他吗？

“钿山稔有爸爸吧？”

我这个人实在是老实到了家，忍不住就直接说出口了。

“钿山稔杀了亚纪子小姐之后——就算是动手前也没差——会不会把名单交给了他父亲？”

“他的确有可能把东西交给他父亲保管。”豪放女小姐说，“可是，我们目前还不清楚他们父子之间是否联系过，也不清楚钿山是否知道他父亲的下落。我们搜索他的住处时，并没有发现这样的情形。”

在大久保车站附近遇到的时候，钿山嘉男说过“稔不肯让我进去”……

“而且，就算钿山把名单交给了他父亲，很遗憾的是，我们现在也不知道他父亲在哪里。”

“他居无定所，没有固定职业吗？”

“可能是，也可能不是。他也可能改了名字。”

这样看来，我能在偶然间遇到钿山嘉男，真的是很幸运的事。正当我这么想的那一瞬间，脑海里蓦地闪过一个念头——岛崎隐瞒我的事，会不会跟钿山的父亲有关？可是，我马上又推翻了这个想法，因为这几乎等于乱猜。我会遇到钿山嘉男，完全是幸运使然。如果岛崎不是跟我一样幸运，这样的事情是不可能发生的。怎么可能有那么多偶然呢？

“豪放女小姐，最近你有见过我们这几个的任何人吗？”

如果有高明的套话手册的话，我真的很想要一本。我这个人，就只会单刀直入地问问题。

“没有啊，所以才会打这通电话给你。怎么啦？”

豪放女小姐的声音显得有点讶异。要是被她反问，那就麻烦了。

“没什么。只是像我刚刚讲过的，我们现在各忙各的，很少有时间聚在一起。”

“偶尔这样不也很好吗？”豪放女小姐笑了。

“说得也是……还有一件事想请问。”

这个问题是我临时想到的，我想问点别的事，好让她早点忘记我上一个问题。

“我想了想，觉得有点不可思议。‘公司’的余党为什么现在才拼命想把顾客名单找回来呢？就算拿回来了，他们的组织也不可能复原啊？”

令人意外的是，这个问题好像问到了豪放女小姐的痛处。

“嗯……”虽然她只是略加思考，我却感觉到了。豪放女小姐这个人反应非常快，就连“不知道”或“还没有线索”之类的回答，都像网球选手把球打回来似的，回答得很干脆。她只有在遇到答得出来却不想回答的问题时，才会有所迟疑。

我好紧张。我的问题会牵扯出什么吗？

“我只能说，任君想象。”她总算回答了，语气听起来并不怎么愉快，“我想，这不是什么多难的谜题。这年头，虽然很龌龊，却不是什么罕见的事。尤其是在这类犯罪问题上。”

“哦，这样啊。”

就这样，没有得到解答就挂了电话。我思考了一会儿，吃晚饭时也一直在想。洗完澡，说了句“我要写功课”，关进自己房间之后，也还在想。

然后，我终于伸手去拿电话。我想问问岛崎的意见。

如果是这件事的话，问他应该没问题。豪放女小姐打电话来问候我们，只是这样而已。而且，要是我没有解开豪放女小姐所谓的“不是什么多难”的谜题，一定书也念不下，觉也睡不着。

另外，我想在我脑海的某处，我是在寻求最后的机会。心里期待着，也许跟岛崎聊一聊，他就会说：“其实，有件事我一直找不到机会告诉你。我最近啊……”然后把他隐瞒的事情告诉我。用不着我四处打探，我和岛崎之间的感情就会很有人性地主动发挥功能。

关于豪放女小姐出给我的谜题，岛崎非常干脆地说：“顾客名单里，大概登记了一些有能力干预‘公司’案调查的人。”

“咦？什么意思？”

“也就是说，‘公司’的顾客名单里可能有政经界的人，更糟的情况，可能有警界大人物的名字。就‘公司’而言，从还在营运那时候起就抱持一种幻想，认为自己手里只要牢牢地抓住这些把柄，有万一的时候，就可以对来自外部的调查施加压力了。所以，遭到警方攻坚的时候，他们才会第一个就把名单消掉，而现在，那些余党也还在为这个幻想白忙。”

“这样……不是很严重吗？”

那可是少女卖春事件。就像“公司”所想的一样，这将成为一大丑闻，也是能造成十足压力的把柄。

可是，岛崎却轻松愉快地笑了。

“如果是稍早以前的话，大概会吧。可是，现在不同了。我们都很清楚，不管是政经界还是警察之类的组织内部，里面的贪污腐败不胜枚举，就算多出一件新的，也不会让人惊讶到哪里去。吵是会吵上一阵子啦，但不至于会动摇威信。现在已经不是那种时代了。”

“是吗……”

“豪放女小姐不是也说‘虽然龌龊，但在这年头，算不上什么罕见的事’吗？就算‘公司’被捕的人在侦讯室里对刑警说‘我们的顾客里有政府高官，一公开你们会有麻烦’，警察反而高兴都来不及。就算那是警方高层的名字，也不需要硬加以隐瞒吧。大家都知道，这种事是纸包不住火的。”

“可是，电视上知道秘密的人不都会被灭口？”

“当然，因为那是电视啊。这年头，杀了一个人却想瞒天过海，那才是不可能的任务。现在的社会就是这么复杂。打个比方，假设那份名单里有警视总监的名字好了。”

我冷汗都冒出来了：“用警视总监举例太不敬了，可不可以用田村警部就好？”

岛崎大笑：“可是这样话题不够耸动啊。就用警视总监吧。‘公司’的人在侦讯时告诉刑警这个事实，说‘那份名单就在没被抓的同伙手里’，威胁他们说‘要是敢把我们送上法庭，就会怎样怎样’。”

“警方一定会着急吧！”

“现任的警视总监那一票人会着急吧，然后可能会对实际办案的刑警和调查小组施压。”

“嗯，一定会吧。”

“这会有什么后果呢？一肚子火的办案刑警，就会向一两个跑新闻跑得很勤的报社记者透露这件事。跟他们说，其实这个案子是如此如此、这般这般。这么一来，媒体毕竟是媒体，便会开始努力调查。就算警方的调查被压下来，但媒体会继续行动。不出一个月，他们大概就会连实际陪警视总监的女孩都找出来了吧。到了这个地步，要踢爆整个事件用不了多少时间。到头来，施压也是白搭。”

“这样那个刑警不会被杀吗？还有那个记者也是。”

“当然不会。不过，大概会跟某些人结怨吧。不过反过来说，对于一心想找机会把现任警视总监踢下台的那些人来说，他就立下大功了。”

是这样吗？这种事，是应该高兴，还是应该悲哀呢？

“有一次，田村警部曾经这么说。”岛崎说，语气变得很认真。

“最大的转折点，就是洛克希德丑闻案。自从那件丑闻以后，真正的阴谋、真正的社会黑暗就从日本消失了。当然，我想现在各组织里还是免不了有肮脏、不合理的地方。可是只要逮到机会，调查的人只要有心去调查，或者受到舆论压力，某种程度的爆料已经不再是不可能的事了。这就代表这个世界的结构已经变得如此复杂，也是这个国家在好与坏的两方面，‘绝对权力’已不存在的证明。”

好深奥。原来岛崎和警部先生在我不在场的时候，都在讨论这些。

岛崎不理会我的感慨，继续说：“警部先生还说，现在犯罪这种事，完全演变成个人的心理问题。以前，由于社会顶层大权在握而无法窥见的黑暗部分，到了现在已被分解、分解再分解，分解得小小的，深入每一个国民的内心。这一点，有时候会让他感到莫名的空虚，怀疑自己到底是在跟什么对抗。因为像以前那种应该要打倒的‘巨大敌人’已经消失了。你看最近的渎职案不就是这样吗？”

我觉得好像有点懂了。

“调查遭到施压的案子，或是实际因组织的阻挡而不得不放弃调查的案子，现在几乎已经绝迹了，而让警部先生他们疲于奔命的是，动机或理由只有个人心理才能解释的突发性犯罪，像是绑架女人或小孩之后加以杀害，或是把无冤无仇的路人施以惨无人道的凌虐，再杀人弃尸，等等。”

我背脊都凉了。

“警部先生说，他无法理解，也不知道该怎么办案才好。就算将犯人缉捕到案，送去检察官那里，犯人被起诉、被判刑之后，他还是不懂犯人的内心，也无法掌握犯人犯案的明确轮廓。这些全都是因为这类犯罪，问题是出在犯下这些罪行的人心理。并非来自动摇国本的阴谋，或社会结构所造成的不公平与贫困，或是意识形态冲突的结果，而是来自个人内心的欲望和渴求，说来极为基本，却是衍生自永远无法为外人所理解的部分。一个人的心，可以加以推测、解释，但是要真正完全理解是不可能的。警部先生这么说，我也这么认为。”

我握着听筒，看着自己映在房间玻璃窗上的面孔。不知道为什么，看起来很平板。

“他还说，最近案子办一办，会觉得自己好像在追逐幻影。就算抓到了，也没有实体。动机既不明确，选择被害人的原因也没有道理可言，犯人也不像以前那样有罪恶感。所以警部先生说他看到贿赂、男女感情纠纷之类的传统案件，虽然很不应该，却会有松一口气的感觉。这类案子他就能理解。如果莫名其妙的犯罪案件再这样增加下去——我想这是一定的——他说他会考虑提前退休。他感叹自己已经跟不上时代了。”

“原来他也会说这种泄气话啊。”

“这次‘公司’的事？不就是这样吗？豪放女小姐没告诉你？”

“告诉我什么？”

“在‘公司’上班的女孩子，大多是自愿——这样讲是有点语病，不过绝不是心不甘情不愿地进入那个世界的。然后，最夸张的是，她们对于有女孩因为想脱离‘公司’而被杀的事，并不是一无所知。就是上次讲的，有女孩在车子里被烧死的那个。”

就是那个让警方对“公司”展开秘密调查的命案。

“但她们对那件事却几乎毫不关心，甚至对侦讯的警官说，她们认为那跟自己无关，这种工作，时候到了自然就不干了，在那之前，只要乖乖做事不要惹麻烦就好。像森田亚纪子那样深入‘公司’的女孩，对‘公司’在搞些什么勾当也漠不关心。这么一来，自然不可能会有内部检举之类的事情发生。警部先生也苦笑说，像钿山稔那种把顾客名单弄到手，想借此脱离‘公司’，是这个时代难得一见的英雄行为。拥有道德感，认为社会上不该存在这种事，同时又有行动力付诸实现的，在‘公司’里就只有他一个。”

我头痛起来了。

“说起来，钿山会犯下这起命案，是源自旧时代的正义感与现代罪恶感间的冲突。在这种情况下，他并不是为了想脱离‘公司’才这么做，而是基于他本身的道德伦理标准，使得他不得不杀死亚纪子，又为了顾全他本身的正义感，不得不把名单偷出来。而‘公司’那边则是认为只要拿回那份名单，就一定还有救。这种事根本就是痴人说梦。”

听了真令人感到空虚。

“警部先生还说了另一件事，就是‘公司’这次虽然受到打击，但是一定会生存下去。我也有同感。也许会换个形式，缩小规模，但就像沙滩上的沙无穷无尽一样，那一类的买卖也没有结束的一天。尤其是现代，有人在个人心理层面对那种工作不感到厌恶，愿意做那一行，也有男人乐意花钱去买那种服务。所以，警部先生才会觉得自己是在跟幻影对抗。他之所以会说，阴谋和社会黑暗以及地下组织已不复存在，有的只是个人心理层面的问题，就是这个意思。”

“个人心理层面”——这个词，岛崎是以缓慢的、像念白纸黑字的口气说的。仿佛那里面隐含了什么我不懂的其他含义。

“我们好像讲很久了。”说着，岛崎发出很不自然的笑声，“你不是有事找我吗？”

“我找你，就是想问你刚才讲的那些啊。现在我舒服多了，因为我之前实在不知道豪放女小姐在讲什么。”

“这样啊。”说完，岛崎又换了一种口气，“你星期天要约会对不对？”

我调整了一下听筒的位置：“对啊。”

“刚才那些，不要跟工藤同学讲。每个人的观点不同，在她听起来，那些话有可能被解释为亚纪子小姐是白死的。”

我点点头：“我知道。这种事我不会不懂啦！”

其实，我并不怎么懂。我本来还想跟工藤同学讲的。

“啊啊，真叫人羡慕哪。”岛崎笑了，“哪像我，星期天也得耗在将棋上。你就好好去玩吧。”

好不自然的话。我有种被骗的感觉。

挂掉电话之后，我望着玻璃窗上自己的面孔好一会儿，自问自答。你可是要去调查岛崎的行动，找出他所隐瞒的事情的……

22

星期天。

我想，就算很久很久以后，我也会清清楚楚地记得这一天，以后也绝对不会忘记。

早上我醒来的时候，脑子里第一个想到的，就是今天要跟工藤同学见面的事。接着，在被窝里打了一个哈欠之后，我思考了更晚一点准备做的事。

以前，我也好几次对岛崎有所隐瞒，只不过大多数的时候，就算我想瞒也会被他拆穿。岛崎也不少次有事瞒着我，包括他并没有隐瞒的意思，但我却没有发现的情况在内。

但是，我去监视岛崎的行动，这可是生平头一遭。要我在岛崎没发现的情况下跟踪他，我究竟办不办得到？还有，我应该这么做吗？

每次脑海里出现这个疑问，我都会叫自己回想起岛崎和那个美少女站在岛崎理发店前的样子。尤其是跟她分手之后，岛崎独自一人时的那种表情，好像把欢笑、喜悦、快乐等开朗的感情连根斩除，只剩下残骸。

既然我看到了，就不能置之不理。我这样告诉自己。不，是硬编出理由，为我今晚预定的行动找出意义。即使如此——明明还有双约会在前面等着我，我却万分不愿离开被窝。

工藤同学穿着一件冰蓝色的毛衣，简直就像是把薄荷冰冻起来的颜色。这阵子她头发留长了一点，差不多快碰到肩膀了。她把头发分成两半，编成麻花辫，用和毛衣同色系的橡皮筋绑起来，发尾翘起来，相当可爱，看起来像个爱搞恶作剧的小学生。

“伊达组”——工藤同学都这样叫伊达同学和桥口这一对——不知道是故意还是巧合，两个人都穿着丝绵牛仔裤，配上厚的棉质衬衫，外面套着麻花图案的开襟毛衣。

“穿情侣装哦！”工藤同学取笑他们，结果他们两人扭扭捏捏的，彼此对看之后，露出会心的笑容。

“随便你们，以后十年二十年都继续穿啊。”我也笑他们。不过等女生们到“时光特区”去看机台时，桥口偷偷小声对我说：

“刚才那句话，直接奉还。”说完，也不给我反驳的机会，就跑去买代币了。

我们一票四个人在鲍伯叔叔的店围着桌子坐下来，大吃大喝。出乎我们意料，在那里没有看到任何同学。只看到一个足球社的学长，据说是全三年级最有女人缘的男生，和一个穿着荧光粉红西装外套的长发女孩一起来买汉堡而已。学长并没有注意到我。

每次我回想起这一天，脑海里一定交织着种种色彩。工藤同学毛衣的颜色、指甲的颜色（她后来告诉我，她用剉刀磨过了）、鲍伯叔叔的店里装饰的纸制星条旗颜色、“时光特区”虚拟游戏机里打斗游戏角色在荧幕中跳舞时身上衣服的颜色。那个女战士穿的旗袍，工藤同学穿起来一定很好看。

来到街上，冷冷的空气和行道树飘落在人行道上的枯叶，告诉我们冬天的脚步越来越近。落叶干枯得一踏就会碎裂，落地时发出咔嚓咔嚓的声响。

色彩鲜明的银杏，以及斜阳的金黄色，那就是我们那个下午的颜色。

傍晚先回家，简单解决民生问题之后，披上外套就出门了。那时候是七点半，岛崎理发店打烊的时间。

岛崎要瞒着爸妈偷溜出去，时间再早也不会早过晚上九点。店面打烊之后，一家人一起吃过饭，轮流洗澡……我对他家的生活作息就跟自己家一样清楚。

即使如此，今晚我还是稍微提前行动。因为，岛崎说“下星期天晚上”时那严肃的表情，实在让我很在意。我觉得，今晚在岛崎的目的地等着他的事情，重大得足以让他忽略平常的生活作息时间。

不过，结果是我杞人忧天。我在晚上七点四十五分到达岛崎理发店前面。一直到岛崎爬到晾衣台，我足足等了一小时零四十分钟。

他沿着集水管爬下来后，便立刻走到他家后面的停车场，把他的爱车推出来。他身上穿着黑色高领毛衣、牛仔裤，脚下穿着运动鞋，推着自行车，从理发店前面向右，走到下一个街区的转角，在那里跨上自行车，而且还记得开灯。我看着往前直走的岛崎通过了前一个红绿灯，才跳上自行车赶紧出发。我没有开灯。我是跟踪别人的人，不得不这么做。警察叔叔，对不起。

晚上人少得惊人。星期天晚上都是这样的吗？因为大家明天开始要上班、上学，所以都待在家里吗？连发着光的香烟和饮料自动贩卖机，看起来都好冷清。

这么安静，很难跟踪——我神经紧张得连转这个念头的心思都没有。虽然岛崎没有回头，好像也没有发现我，但我不能因为这样就掉以轻心。因为不能跟得太近，我大致都是和他保持整整一个街区的距离，悄悄地跟在后面。因此每当岛崎转弯，直到我也跟着转弯，确定他自行车后面的反光板仍然在前方之前，我都提心吊胆，觉得自己好像是个赌技欠佳的赌徒，等着掷出去的骰子出现点数。这里一旦跟丢，大概就再也找不到他，所以我集中了全身的神经。车轮转动的声音显得非常大，感觉好刺耳。

大概骑了十分钟之后，我才猜出岛崎的目的地。按照他走的路线，目的地我应该不会猜错——想是这么想，可是我实在无法立刻相信。

他要去白河庭园。

不会错的。他要去的不是车站，也不是学校，更不是我想得出来的任何朋友或熟人的家。过了刚才等的那个红绿灯，进了铺着彩色地砖、人称“文化大道”的路，再过五分钟，就会到达白河庭园的正门前。

可是，在这个时候？他到白河庭园会有什么事？

我踩着踏板，想着，他要去的会不会不是庭园，而是庭园旁边的那家班比？这样的话，我还能理解。如果要和人碰面，那里比夜晚关门后的公园适合多了。

看得到班比的招牌了，就在我们行进方向的右手边。招牌是亮的，但那并不是因为招牌点着灯，只是附近路灯的光反射在上面而已。

岛崎从班比前面经过，三十秒之后，我也从那里经过。只不过，我走的是路的另一边。我往班比看，门是关着的，内侧挂着“准备中”的牌子。

岛崎继续往前。我把踩踏板的速度放慢，因为我跟得太近了。

岛崎要经过白河庭园正门了——速度依旧没有放慢。不对，放慢了。他两脚踩在踏板上不动，画出一个大弯从正门前面骑过，沿着围墙向左转。

我也骑着自行车，照相同的路径前进。我把速度放慢，在正门前面停了一下。

在路灯下，看得到“闭园”的牌子。我下了自行车，急忙跟在岛崎后面。从围墙的转角探头出去，正好看到反光板红色的光停下来。我把头缩回来。

隔了几秒钟，我小心地窥看。

岛崎下车了。他把自行车靠在白河庭园的墙上，正在上锁。

他站起来，沿着围墙走了一小段，便面向围墙——突然消失了。

我把自行车丢下，朝左边看向围墙，往岛崎消失的地点前进。那边有一个小门，门的高度，以我们的身高，不必低头就可以通过。门好像是往里开的。

我轻轻推了一下，开了，岛崎也是从这里进入庭园的。

小门内侧和围墙外侧形成对照，是一片黑暗。从门的缝隙看进去的那一片黑暗，使我的脚有点发抖，拒绝前进。

可是，岛崎就在里面。我鼓起勇气踏进去。

有泥土的味道，触感软软的。我眨眨眼睛，想赶快适应黑暗。

门的内侧是围住白河庭园外围的树林，我的脚下是一片有点陡的斜坡。有一条人们经常行走而形成的土路，没有经过铺装。庭园当中，只有几个地方是石板路，其他的路都是这种感觉。

现在我站的斜坡下面，有一小点黄色的光突然亮了起来。我想应该是手电筒的光。是岛崎吧？

我决定先追再说，便先把门关上。这时候，我才发现门内侧附的锁，上面插了一根铁丝之类的东西，被弄坏了。

这个时间，本来庭园的小门应该也是关好并锁上的。所以，虽然是理所当然的事，我还是吓了一跳。

这不可能是岛崎弄坏的，他一推门就进来了。那道锁在岛崎来之前就已经遭到破坏。

已经有人先来了。岛崎果然是跟别人约在这里见面。

我赶紧爬下坡，手电筒的亮光已经前进到比刚才更远的地方。白河庭园的构造基本上是中央有池塘，由步道环绕池塘一圈，步道之外则围绕着斜坡与树林。手电筒的亮光在步道上前进着，于池塘宽度最宽的地方——儿童广场入口大门那附近，缓缓地向左移动。

刚才之所以会觉得庭园内侧一片漆黑，是跟围墙外的街道相比的结果，眼睛和心情习惯了之后，我发现在浓密的树林和树丛间、步道的边缘，到处都有比路灯小、亮度微弱的夜明灯。当然，夜明灯发出的亮光，不可能压制得了树木形成的黑暗，不过，至少不是暗得伸手不见五指。甚至，如果我走到夜明灯旁边的话，现在在里面的人——包括岛崎在内——都会发现我的存在，所以我必须靠着黑暗走才行。

我盯着手电筒跟在后面，走着走着，手电筒消失了。这是什么意思呢？是因为有这样的照明就不需要手电筒了吗？或者是有别的理由呢?

那时，我正好走到儿童广场前饮水处的地方。那里沿着步道有好几张长椅，也有一盏夜明灯。

我考虑了一下，决定不走步道，改沿着通往池塘边的石阶爬下去，从池面上的浮石过去。之后，我走到那盏手电筒消失的地方，蹲低姿势爬上步道。

石阶那里暗暗的，越靠近池塘就越暗。水面整个是平的，颜色简直跟原油一样浊。所有的河川池沼，到了晚上就会看起来跟黏液一样浓稠厚重。

我在心里告诉自己，“虫鸣会”那时也跟现在一样暗。这是我熟悉的白河庭园，没有什么好怕的。这里是市中心，只要抬起头来，就可以看到矗立在庭园四周的大楼灯光，远远近近地闪烁。这里不是深山，这里不是异国。

可是，我心里还是毛毛的。要是这时候掉进池塘里，我会不会发疯啊？我一边膝盖发抖，一边走过浮石。要是我被夜晚的池塘困住，被栖息在这里长达一米的大鲤鱼、大乌龟或是不知道什么种类的细长大鱼在黑暗的水里碰到，我一定会当场昏过去。

我还想起这里有蛇，就算有也不足为奇。我听说白河庭园草丛里有蛇蜕下的皮，虽然目击到蛇的传闻不足为信——因为那东西可是来无影去无踪的——但是，看见蛇皮的传闻还蛮可信的。

我就快到达刚才手电筒消失附近的池塘边了。我踩过最后一块浮石，可能这时不小心惊动了在浮石下浅滩休息的水鸟，那里发出了啪沙啪沙的拍翅膀声，害我心脏都吓破了。

当场，我动都不敢动，只等着鸟平静下来。就这样听着自己心跳声的时候，我发现头顶上的步道传来低低的说话声。

窸窸窣窣。窸窸窣窣。

听不见他们说话的内容。

我把身子伏低，几乎是四肢着地爬上石阶。一阶、两阶，我在那里停了下来，谈话声还在继续。

我在脑海里描绘出庭园的内部地图。在我上面，应该有一个突出在池塘上的茅草屋顶小凉亭。那是个很小的建筑物，只要两三个人进去就挤得满满的，里头应该有外形模仿树干的长椅，还有烟灰缸，是给人抽烟的地方。那里可以把池塘一览无余。

我在那里不敢动，也不敢呼吸，这时步道上传来了脚步声。咚咚咚！听来像是跑步的声音。

然后，突然间“砰”的声响震动了庭园里只有夜晚风声的空气，就像有一个大气球爆掉了。

我反射性地直起身体。就是在那时候，我才想到那声音可能是枪声。我还来不及在心里喊糟糕，就听到第二声爆破声。

“妈的！”

有人怒吼，是个很粗的男人声音。

我的脚像黏土一样僵住，黏在石阶上不肯动，只有心脏在胸口很浅的地方，以小跳步的节奏跳舞。我头晕目眩，黑暗的水面一时远、一时近。

沙沙、沙沙，在我上方的树丛发出声响，接着又是枪声。一瞬间，我闭上眼睛。

有东西从斜坡上滚下来，发出水声，溅起白色水花。我上面传来杂乱的脚步声，往我这个方向，往石阶这边跑过来。

我从石阶上把我的黏土腿拔起来，拼命往树丛里冲。当我一头撞进干枯的草丛中时，听到脚步声以惊人的声势接近，沿着石阶往池塘的方向离去。脚步声经过，离开了。

我从树丛里跳出来，头也不回，直接爬上步道。步道上没有半个人，凉亭也是空的。鼻子闻到浓浓的火药味，让我的脑袋一下子沸腾起来。

有、有、有人开枪！枪战！

虽然听不到枪声了，我的腿还是被迟来的恐慌所占据，明明不知道要去哪里，却没命地跑。我心里只有一个念头：不要接近池塘！我冲上利用原木埋在地面上形成的阶梯，只顾着埋头跑，却发现自己离小门越来越远。照这个样子，不绕水池一圈，就没办法回到小门边。

但总比停下来好。我继续跑，沿着缓坡又上又下，喘着气在黑暗的步道上狂奔。

前面的路出现了一个很大的左弯和长椅，长椅旁有一条往下通到池塘的路。我闭上眼睛想跑过那里，却因为太急而绊到，膝头撞到长椅的边角。

不夸张，我的身体往上弹了两米，在步道上扑倒时，还扬起了一大堆灰尘。眼前一片漆黑，胫骨像着了火。

即使如此，我还是挣扎着爬起来，拖着痛得发麻的腿想继续跑。这时候，突然有人抓住我的左脚。

“呜哇！”

我的叫声差点轰掉我的头盖骨。

“嘘！不要出声！”刚才抓住我的脚的人，又抓住我的手。

“不、不要杀我！”我大喊。

“谁要杀你啊，白痴。”

真令人难以置信，那是岛崎的声音。

“你……”

我嘴唇抽搐着。岛崎用有点吃力的表情跪在步道上，一只手撑着我，另一只手提着一个咖啡色的小皮包，脸颊上沾了泥巴，牛仔裤膝盖的地方白白的。

“你还好吗？走得动吗？！”岛崎很快地说。

“你在这种地方做什么！”

对于我的叫声，岛崎脸上闪过一个笑容。

“我才要问你呢。不过，不管了。”

岛崎把咖啡色的皮包推给我。

“你拿着这个到外面去。知道吗？别拖拖拉拉的，要马上出去！”

“这啥啊？”

“以后再跟你说。你快走就是了！”

他扶我起来，让我拿好皮包，推了我的背一把。

“那你呢？”

“我还有事要做。”

“刚才那是枪声吗？”

“嗯。”岛崎的眼里闪着光，“要选暗一点的地方，从步道的旁边跑！不可以到池塘那边去。虽然远了点，你要绕着跑到小门那边。”

说完，岛崎又回到树丛中，留下我一个人。

皮包很轻。我双手抱住皮包。一走，撞到长椅的膝盖就哀号。我失去平衡差点摔倒，急忙让自己站好。

我跑不动……

因为太过恐怖，喉咙发出了咻咻声。池塘好大，步道好长，小门好远。

即使如此，我还是拼命向前走。我要走到步道右手边的斜坡，照岛崎的话，从那里走。

我拖着脚趴在斜坡上，左手拿着皮包，右手抓着树干往上爬。白白的木制围墙越来越近。我在心里盘算，爬过墙，是不是就能到外面？

围墙大约有两米高吧，上面还装了带刺的铁丝网。平常，以正当目的造访这个地方的时候，根本不会留意到那种东西。

不行，爬不上去。我开始沿着斜坡横向前进。

步道后面传来脚步声，我立刻伏在斜坡上。

脚步声靠近，停下来了。有人呼呼喘气，距离非常近。

“妈的！那个臭小鬼，给我死到哪里去了？！”

是个很粗的男人声音，听不出跟刚才是不是同一个。我的脑袋里有一百发恐慌的烟火爆炸，四散成鲜红的火花。

要是被发现会被杀要是被发现会被杀会被杀会被杀会被杀……

“他不可能到外面去。”另一个声音说。我的脑袋里，除了刚才引发了一百发烟火的家伙，又来了另一个不同的烟火师傅。敌人不止一个，恐慌当然也不止一人份。

“小门有人盯吗？”

“有。”

我闭上眼睛，怎么办……

斜坡的树林底下长满了不知道什么种类、像胡子般长长的植物，全都干枯变白，变成软绵绵的草棉被，成为我的软垫。

可是，这些枯叶的前端却在搔我的鼻子。

我快打喷嚏了。

啊啊！神啊！佛啊！请不要对我这么残忍！我宁愿以后得一辈子鼻炎。但是，现在！现在这一刻千万不要让我打喷嚏！拜托、拜托、求求您！

池塘那边传来水声，扑通！

这几个男人立刻开始移动。

“在那边！”

两人沿着石阶往下跑。

我伏着数到十——才数到五就打了喷嚏——然后爬起来拼命跑！

快跑！快逃！四周树木的沙沙声，听来好像在为我加油。可是草丛却绊住我的脚，有时候突然冒出来的树枝钩住我的袖子，嘲笑我，阻挡我的去路。

绕过池塘，往出口去。

膝盖的疼痛让我的身体站不直，我以红毛猩猩的姿势在黑暗中奔跑。

我经过通往正面出口的碎石子路，距离小门只剩下一点点了。加油啊！雅男！

抓住皮包的手因为汗水而滑动，有好几次都差点掉下去。我一下子抱在怀里，一下子拎在手上，有时候被树木钩住。我像个越战的脱队士兵一样跑着。

小门有人盯吗？

应该有第三个人在这里。我在距离小门五米的地方停下来，以最快的速度躲进草丛里。

门是开着的，只要冲出去就好，我应该办得到。不管在门外的是谁，就算他用枪顶住我、威胁我，还是我的脚程比较快。应该是我比较快。

如果我的膝盖没有这么痛的话。

咔嚓！小门那边发出声音。

我抬起头，看到人的脚。那是包在黑色裤管里的脚。这虽然是残酷的事实，但我并没有看错。树干没有这么细，而且那是会动的。

我人趴在草丛里，心却仰望着上天。

天要绝我啊……

慢着、慢着。既然还能搞笑，应该没问题。我的头脑还管用。

咔嚓、咔嚓，是脚步声，往这里来了！

“喂！你在那里是不是？”有个声音说。跟刚才那两个人不同的声音。

“我听到脚步声了。我听得一清二楚。给我出来！”

我全速驱动我的大脑。怎么办？该怎么办才好？

我在草丛里四处掏摸。身边没有石头、树枝，什么都没有。

“喂！你最好乖乖出来。”

声音已经来到非常近的地方了。

皮包……里面不知道装了什么，但是岛崎交给我的这个皮包，想必是今晚这阵骚动的焦点。敌人可能就是在找这个。

“喂！出来！”

声音就在身边，就像骑手的鞭子一样抽打我的心。

好！你要我出去，我就出去！

我动员了全身的力量，用弹的爬起来。黑色的人影近得吓人，他手里拿着东西，可能是枪。

敌人朝我靠近，距离缩短成两三步了。这样对我反而有利。对于突然冒出来的我，敌人也受到不少惊吓。

“看这个！”

我一吼完，就使出吃奶的力气，把皮包朝着对方的脸扔过去。

敌人反射性地举起手遮住脸，皮包撞到他的手，我跟着冲过去，在对方站稳、抓住皮包之前，接住皮包后用双手抱住，然后直接继续往前冲，用整个身体去撞敌人。

这次我们两个一起打滚，倒在地上。但是，故意这么做的我，比对方早一步爬起来。小门就在眼前了。

快跑！

当我冲到小门那里，后面响起枪声。我还以为自己中弹，闭上眼睛，可是什么感觉都没有。我打开门，跌出门外。

我头朝下倒在铺着柏油的人行道上。还不能倒！我还没完全脱离危险，站起来跑啊！

这时候，我头上传来关门的声音，还有“啊”的一声。我挣扎着抬起头来。

我看到一双修长的腿，穿着白色的袜子，一双手落下来，抱住我的身体。

“快点！”

那双手把我架起来，半拖着我跑，支撑着我的手臂裹着明亮的明黄色毛衣。

远远地，传来警车的警笛声。我的脑海里开始起了白茫茫的雾。即使如此，我还是紧紧抱住皮包不放。

“啊啊！总算来了！”支撑着我的手说，“振作一点！已经没事了。追过来的那家伙，我用力关门撞了他的头，声音那么大，他一定被撞昏了！”

我努力让眼睛聚焦，看着话声的主人。她是个肤色白皙的女孩，耳边有个东西闪闪发光。

你是……

我想说我认得你，但是说不出来，接着就昏过去了。

23

睁开眼睛的时候，我看到白色的天花板。天花板中央有点亮的荧光灯。

我仰躺着，眨眨眼睛，然后稍微抬起脖子，看了看四周。

我在病房里。

这是个单人病房，只有一张床。脚边有个窗户，右手旁就有个拉帘。我推开白色的拉帘看了一下后面，看到那里有门。

套在白色被单里的毛毯盖到我的下巴。我的外衣和牛仔裤都被脱掉，身上只剩下T恤和内裤。

我举起手摸了摸，才知道太阳穴上贴了一张好大的药布。头有点痛。

我还活着……

“我得救了。”

我发出声音，小声地说。在白河庭园的那片黑暗之中，我朝着小门直奔。我用皮包丢了挡在我面前的追兵，撞倒他。记忆仿佛已经筋疲力尽，懒得回想似的，拖拖拉拉、模模糊糊地复苏了。

那个皮包到哪里去了？岛崎呢？还有那个女孩呢？那个在小门外扶起我的女孩。那张脸，我认得，那是岛崎的女朋友。但是，不只是这样，我之前也看过她的面孔。在白河庭园外遇到她，在极近距离之下看到她，我背上好像挨了重重的一拳，突然想起来了。没错，我认得她。

正当我茫然地叫大脑认真想的时候，视线无意间转到窗户的方向，发现窗帘的缝隙透出一闪一闪的红色灯光。我下了床，赤着脚踩在地板上，走近窗户。

这里是一楼。外面紧临着窗户的地方有树丛，树丛外围着空心砖墙，那道墙的开口有门，现在门敞开，一辆警车车头插进来停在那里。映在我房间玻璃窗上的红色亮光，就是警车的警灯。

我突然觉得不能在病房里空耗，便四处观察了一下病房。有一个小柜子和床并排在一起，打开一看，我的牛仔裤和外衣都在那里。衣服好好地挂在衣架上，但是已经被泥巴、尘土弄脏了。外衣的袖子上，还有黑黑的污渍。大概是血吧，我想。

我把衣服穿上，没有鞋子，便赤着脚直接走出病房。在苍白的荧光灯照明下，走廊往左右两边延伸。虽然有好几扇门，却没有看到人影，也听不见人声。

我走在走廊上，发出嗒嗒的脚步声。看着每扇门上挂着的标志牌。“诊疗室”、“第二检查室”、“X 光室”——我走到从我的病房数来第四扇门的前面停了下来。那扇门开了一个细缝，从里面传出谈话声。

“老爹，你也太拼命了。”

是田村警部的声音。

我悄悄把门打开。眼前有道白色的布帘，布帘之后，露出田村警部浑圆厚实的巨大身躯。警部先生站着，一只手插在长裤的口袋里。房里有淡淡的烟飘动。一定是警部先生在抽烟。

——老爹。

我躲在门后，屏着气竖起耳朵专心听。那时我已经猜到田村警部在跟谁说话了。

“对不起，给你们添麻烦了。”那个人说。的确是我听过的声音。

“儿子把顾客名单交给我，是在命案发生前的半个月左右。”

说话的人，没错，就是铀山嘉男。

“令郎是从什么时候开始想离开‘公司’的呢？”警部先生问。

“今年的……夏天吧。”铀山老爹的声音很低，很沙哑，“他说，他错就错在不该因为打工时薪很高，就把事情想得太简单。这种事和他的个性不合，他已经不想再待下去了。”

“话是这么说，他还真是有胆，竟然把顾客名单偷出来。”

“计算机的事我不太懂，所以问都没问。但是，我想我儿子对那件事相当生气。”

“看不惯‘公司’的做法？”

“是的。”

警部先生发出呼的一声，抽着烟。

“令郎把顾客名单偷出来，有什么打算？”

“他说要去报警。但是要报警，不能空口白话，名单自然会说明一切。”

“他会把这么重要的名单寄放在你那里，是因为察觉到他本身有危险了吗？”

钿山老爹沉默了一下，好不容易才说：

“那时候，看不出他有这么危险。”仿佛很难以启齿似的，声音很低。

“令郎是怎么说的？”

老爹没说话。

“老兄，这又不是正式的侦讯。就算我想侦讯，还得等到检察官的许可下来。所以，现在就当作是闲聊吧。不过，在闲聊之中说实话，我想以后我们彼此都会轻松得多。”

钿山老爹还是犹豫着不开口。警部先生走到房间里面，暂时消失了身影，里面传来打开窗户的声音。大概是他把烟蒂丢到窗外的树丛里了吧。

钿山老爹出声了：“他说——如果放在他手边，会被亚纪子带走。”

“他说森田亚纪子会把名单带走？”

“对，为了‘公司’，她会这么做。”

“既然这样，令郎只要拿着名单，从亚纪子身边走人就好了啊。不是吗？”

田村警部的口气和跟我们说话时比起来，显得很不客气。我突然想到，到底哪一个才是真正的警部先生呢？

“我想，我儿子是不想弃亚纪子小姐于不顾。”

“不想弃她于不顾？”

“是的，他说，她其实是个很普通的女孩。”

这时候，钿山老爹发出呵呵的声音。我并没有立刻听出那是笑声。

“我一开始就告诉他了，叫他跟那个黄毛丫头分手。我说，她不是什么好东西，你要是跟她在一起，她会带你一起下地狱的。”

“令郎怎么说？”

“他凶得很，大骂说从牢里回来的老爸，没资格说他女人的坏话。”

钿山老爹还在笑。他的声音听起来一点都不开心，可是他却在笑。

“我被他修理了一顿。”

警部先生回到刚才站的地方，伸出大手搔着他的头。

“你和令郎在你出来之后，就一直保持联络吗？”

“没有。是我老婆死后，我去找他，才开始联络见面的。”

“亚纪子那边呢？”

“今年春天的时候，我第一次和她见面。稔带她来，我们一起吃饭。”

突然之间，钿山老爹叹了一口气。

“我叫他和那女人分手，就是在那天回家的路上。亚纪子小姐有事先走了，所以我是在跟儿子去喝酒的时候说的。”

“你打从一开始就讨厌亚纪子啊。”警部先生的问题，是不需要回答的那一种。

钿山老爹没说话。

“你讨厌她，所以说了她的坏话。令郎很生气。后来呢？”

“我们有一段时间没有见面。一直到刚才说的，他拿名单来给我的时候。”

这么说，从今年春天到夏天这段时间，铟山稔的心境产生了相当大的变化。他知道了“公司”的真面目，知道了亚纪子内在的一面……

铟山老爹好像在床上移动身体，听得到衣物摩擦的声音。大概是谈到亚纪子的时候，不由得感到坐立难安吧。

“稔把名单拿来寄放在我这里的时候，还说什么想要跟那女人结婚。”老爹以嘶哑的声音说，“我认为，我儿子已经变成真正的笨蛋了。他本来是个认真踏实又懂得分辨是非的人，却为女人瞎了眼。‘公司’是个什么样的地方，亚纪子那女人在那里做些什么，他明明很清楚才对，可是他却说什么要帮亚纪子脱离苦海。”

“令郎大概是认为亚纪子也受到了‘公司’的迫害吧。”

铟山老爹尖锐地反驳：“一个受到迫害的人，会想为了‘公司’把名单从我儿子那里拿回去吗？”

“这就代表亚纪子中‘公司’的毒很深。令郎的劝，她是听不进去的。”

“我实在不懂。”停了一会儿，铟山老爹喃喃地说。

“我只知道，如果不是跟那女人扯上关系，我儿子就不会被杀了。我只明白这一点。我们这一家真是倒霉啊。”

“杀了令郎的不是亚纪子，是‘公司’的余党；而杀了亚纪子的，是你儿子。这一点，你可不能忘记。”

田村警部丢下这句话，口气听起来很无情。可是，警部先生从头到尾，都称呼铟山稔为“令郎”，却直呼森田亚纪子的名字。我觉得，这种小小的差别待遇，微微透露了警部先生个人真正的想法。

不过，这也可能只是我自己这么希望，所以听起来才会是这种感觉。也许对警部先生来说，森田亚纪子始终是一个被害人。只是没有每次提到都加小姐而已。

“知道令郎被杀的时候，你立刻就明白是为了那份顾客名单吗？”

“那当然了。”

“然后呢？你就设法独自为令郎报仇吗？”

警部先生交叉手臂，把重心换到另一脚。

“真是太乱来了，大叔，也不想想你的年纪。”

钿山老爹什么都没说，只听得到他抽鼻子的声音。

“你是怎么跟‘公司’的余党联络上的？”

“没什么联不联络的，是他们自己找上门来的。”

那么就是在杀死钿山稔之前，已经问出名单在哪儿了。

“大叔，你胆子还真大啊。”警部先生语带佩服，“你竟然会向他们提出在白河庭园交易，真有你的。”

“我跟他们说，名单不在我手边，而是寄放在值得信赖的人那里。”老爹的口气听起来稍微有点精神了，“如果我有个万一，名单就会直接转交给警察。然后说，我总不能白白交给你们，如果你们肯付一点我儿子的奠仪，我就把东西还给你们。”

“所以，你指定白河庭园当作交易地点吗？”

“是的。那里不会连累别人，而且我对那座公园很熟。以前稔还很小的时候，放假时我常带他去那里玩。那里很漂亮，地方又大，想带小孩子玩上一天，那里是个好地方。”

那时他还是皮包店的老板吧，还是很幸福的时候。

“可是啊，老爹，你的胆子是不小，但是光有胆子也没有用啊。

跟你联络的虽然是‘公司’的余党，但那些人全都是后来才霸占那里的流氓，不是你对付得了的角色。事实上，你不也差点就进了鬼门关吗？只要子弹再偏十厘米——不，只要再晚十分钟报警，你就会因为失血过多上西天了。”

钿山老爹又发出低低的笑声。好像在说，这种事根本无所谓。

“不过，幸好有小孩刚好经过公园，你真的很走运，而且两个都是精力旺盛的男孩。不过，你得好好跟这两个孩子道谢才行。我们过去查看的时候，其中一个还被牵连到昏倒了。幸好没受什么重伤。”

“真的很对不起他们。”

听到钿山老爹这句话，我觉得差不多该走了，就关上门。

可是，病房的门很重，关门的力道比我想象中还大，发出了砰的一声。我缩起脖子，听到警部先生的脚步声接近。

“原来是你啊。”

警部先生撑住打开的门，对我这么说。我像只缩头小乌龟，抬头看着警部先生。

在警部先生圆滚滚的身躯之后，钿山嘉男的脸从病房里的拉帘旁边探了出来。他坐在床上，伸长脖子看着我。我们视线交会了。

警部先生转过去对钿山老爹说：“他就是救了你的孩子，昏倒的那一个。”

钿山老爹笑了，露出满脸皱纹，对着无言地凝视着他的我说：

“小弟弟，谢谢你啊。”

“回病房去。”警部先生把我向右扳，从背后推了我一把，“别到处乱晃啊！”

小弟弟，谢谢你啊。

在冰冷的走廊上嗒嗒地走着，我开启如坠入五里云雾的脑袋，开始思考。钿山老爹记得我吗？认得我是那个在大久保车站遇到的孩子吗？那句“谢谢”里，是不是也包含着这种意味呢？

小弟弟，不要把我们以前见过面的事告诉这位警部先生——叫钿山老爹这么说、叫他采取这种态度的人是……

警部先生说“经过那里的小孩”，不是别人，就是我和岛崎。是岛崎对赶到现场的警察这么说的。

于是，那个女孩的存在便被抹消了。我们只是刚好路过，那个女孩子根本不在那里。在即将昏倒的我的记忆当中，报警的明明应该是她。

警部先生和钿山老爹谈完之后，一定会到我的病房里来吧。在那之前，我必须先跟岛崎谈谈。我急忙回到病房。

结果，岛崎就在那里。他坐在病床上，像小朋友一样把脚晃来晃去。

“我看到你在走廊偷听。要是突然叫你，你一定会吓得跳起来，所以我到这里来等你。”

等他转过来，看到他的脸，我忍不住笑出来。他的鼻尖上贴着创可贴。

“幸好只受了这么一点小伤。”

“一点也没错。”岛崎说，“幸好子弹只擦到鼻子外皮。”

“子弹……”原来不是跌倒擦伤的吗？！“不要把恐怖的事说得这么简单好不好。”

白河庭园斜坡上轰然作响的枪声又在我耳里复苏。

“警部先生跟钿山伯伯说了什么？”老神在在的岛崎问，“你必须配合我们的说法，你应该知道吧？”

我把我自己知道的事告诉他。岛崎摸着鼻尖上的创可贴，听我说完，然后自言自语般地开始说话：

“这个世界上，真有些令人意想不到的巧合。我和你刚好在晚上出去散步——嗯，感觉就像要去电玩中心那样，经过白河庭园旁边的时候，发现小门是打开的，从里面传出枪声之类的声音。好奇心强的我们便进去了，然后被卷入那里的枪战、群架，你先拼命逃出来，打了 110 报警。”

“嗯，嗯。”

“警察来了之后，知道了事情的经过，我们大吃一惊。原来那场混乱，竟然与森田亚纪子小姐的命案有关，是公司的余党和钿山稔的父亲在对决，而我们竟然也被卷入其中。啊，巧合真是太惊人了！”

听着听着，我笑了。岛崎的表情还是一本正经。

“就像这样，麻烦你了。”

“知道啦，我都知道了。”

“我想，钿山伯伯也会装作不认识我们。”说完，岛崎扶扶眼镜，转头看我，“听说你见过伯伯。当然，我不是说以前在白河庭园遇见的那次。”

“我知道。见过啊，就在钿山稔的公寓旁边。”

岛崎点点头。眼镜框在荧光灯的照明下反射出银色的光。

“我才想问你呢。岛崎，你什么时候认识老爹的？你跟他，应该比我跟他熟得多。”

否则，就不可能会有今晚这件事。

“今晚的对决，钿山老爹大概没有要你帮忙，但是他拜托你，要是有万一的时候，请你报警对不对？你跟老爹之间，已经熟到可以进行这种……”

岛崎打断我的话，说：“因为有中间人。”

“中间人？”

“今晚，被我们当作不在这里的人。”

在小门外遇见的人。在岛崎理发店前面，站在路灯下的人。

“是那个女孩吗？”

“对。”

“我知道她是谁。”

我不晓得她的名字，但是，以前有一次，我看过她的长相，而且留下了极为深刻的印象。为什么我没有马上想起来呢？

“刊了工藤同学照片的那张传单，你还记得吧？”我说，“除了工藤同学之外，还刊出了另外两个女孩的大头照。你说的那个中间人，就是其中一个，戴耳环的那个。”

没错……耳边闪亮的光芒。在岛崎理发店前看到她的时候，她的耳垂上也闪着光。岛崎的神秘美少女。岛崎晃着脚、低着头，警笛灯发出的红色的光，依然反射在玻璃窗上，也反射在岛崎的脸上、眼镜上。

“我刚好，从以前就认识她。”岛崎慢慢地说。

“她是你朋友？”

“嗯，是啊。”

“跟我们不同年吧？她不是穿了耳洞吗？是哪个学校的？”

岛崎瞥了我一眼，露出浅浅的笑。

“我可以保留她的身份吗？反正也没有一定得知道的必要。”

可是我想知道。

“被我知道，会不方便吗？”

岛崎转移目光。警笛灯照在他脸上，闪啊，闪啊，闪的。每闪一下，看起来就像岛崎脸上翻过红色的一页。“她是别的学校的，不过跟我们一样是初一。”他小声地说。

真没想到。“可是，耳洞……”

“她现在遇到的一些问题。其实不是她，正确地说，是她念的学校有问题。”

“她好成熟喔。”

“女学生要是发生学校方面所谓的‘问题行为’，多半都是比实际年龄来得成熟吧？”岛崎笑了，“不过，这些一点都不重要，而且真的跟正题一点关系都没有。反正，她是我的朋友，所以当我看到传单上有她的大头照的时候，真的大吃一惊。”

那时候……对，我记得岛崎受到不小的震撼。他全身一震，像结了冰一样僵住了。不管我再怎么问他，他都回答没什么。原来是这么一回事啊。

“所以，我就去找她，问她怎么回事。结果，她不知道自己的大头照没经过她的同意，就被拿去用了。不过，她倒是认识钿山稔和森田亚纪子。”

我睁大了眼睛。反手把门关上，跑到岛崎旁边。

“那是怎么回事？”

岛崎稍稍耸了耸肩，说：“她被挖角了。”

“被谁？”

“还用说吗？当然是森田亚纪子啊。”

那就是说……

“她差点就被拉进‘公司’了，应该说是被花言巧语地游说吧。当然，她头脑很好，所以没有上当。不过，亚纪子缠着她不放，听说还会不时打电话给她，在放学路上等她。”

我觉得颈背一阵发凉。想拖工藤同学下水的亚纪子，想把年纪和我们差不多、天真无知的平凡女孩们拖下水的亚纪子，对于拥有自己所没有的一切的女孩痛恨不已的亚纪子。

“也就是说，亚纪子的目标，不只是工藤同学一个啰？”

对于我的话，岛崎不带感情地点点头：“因为那是她吃饭的工具，她大概布了不少线吧！”

据说耳洞女孩虽然设法避开亚纪子难以摆脱的攻势，却也备感困扰。

“这时候，她突然接到一个叫作钿山稔的男人打来的电话。”

你认识一个女孩，叫作森田亚纪子对不对？我是亚纪子的男朋友，但是我正努力想叫她别再做她正在做的事。我偷看了她的联络簿，才会来和你联络。不管她怎么约你，你绝对不可以答应她。

“耳洞女孩再度大吃一惊。不过，她感受到钿山的热诚，所以决定跟钿山碰面。”

“这是什么时候的事？”

岛崎没有立刻回答。他转动着眼珠，像在脑海里计算一样。

“她好像说是，森田亚纪子命案发生的……一个月之前吧。”

对于岛崎没有立刻回答，我感到非常可疑。可是现在追问那些也没有用，只能问重点。

“然后呢？她和钿山见面之后怎么样？”

“他们成了朋友。”岛崎说，“钿山想尽办法，希望森田亚纪子能脱离那个地方，耳洞女孩对这一点很感动。不过她说她也察觉到危险。她觉得，钿山越是努力，他和亚纪子之间的距离就越遥远。可见得钿山和亚纪子对‘公司’的想法，已经有相当大的差距了。”

对亚纪子而言，“公司”是她唯一的依靠。即使“公司”从事的是违法的买卖，即使是吸别人血的地方，依旧只有“公司”才是亚纪子的家。她一心只想尽力保护那个地方……

即使世人再怎么说，森田亚纪子还是喜欢“公司”。

“就像我刚刚讲的，耳洞女孩也是个女英豪。”岛崎笑着说。

“她什么都不怕，也很重视她和钿山之间的友谊。她很想帮助钿山，甚至还反过来对纠缠她的亚纪子说教呢。可是，她这么做，反而让森田亚纪子发现她和钿山之间的关系。”

“你是说三角关系吗？”

岛崎笑了：“不是的，没那回事。钿山对亚纪子着了迷。他拼了命，想让自己和亚纪子回去过正当的生活。”

但是，亚纪子生气了……

“对亚纪子来说，耳洞女孩这个难攻不克的目标已经让她很扫兴了，这时又听到她跟钿山一样狠狠地责骂她，说什么“快离开这种鬼地方”、“你知道自己在做什么吗”之类的，她当然会生气。”

岛崎看着旁边继续说，好像是看着我的双眼，就很难开口似的。注视着他，我心里的疑惑就像吸了水的海绵一样膨胀起来。虽然我知道，只要用力一挤，把水挤出去就好了；这种疑惑，只要解开就好了。明明这么想，却办不到。因为我连伸手去碰那块涨大的海绵都是不可能的。

因为，让那块名叫疑惑的海绵涨大的水，非常脏，是混浊的血色。

“岛崎，”我缓缓地叫他，“我问你，那个耳洞女孩，跟白河庭园的命案有没有关系？”

岛崎默默无语。

“既然他们三人之间形成那种关系，那个耳洞女孩会不会也跟亚纪子被杀的事有关？”

岛崎瞪着窗户，瞪了好久。警笛灯的灯光在他脸上跳动。不知道什么时候，他的脚已经不再晃了，双手放在膝盖上，形成全神戒备的姿势。

“万一有的话，你要怎么办？”

他看着窗户，低声问。

“你要告诉警部先生吗？”

我突然好累。我压根儿没想到会从岛崎嘴里听到这种话。

“耳洞女孩是你的朋友，我就不是吗？”我说，“如果你不希望我说出去，我就不会告诉任何人。”

岛崎像在移动什么沉重的东西似的，慢慢地转过头来面向我。有好一会儿，他直视着我的眼睛。

然后，他露出笑容：“谢谢你。”

“下次，你会把耳洞女孩介绍给我吗？”

“这个嘛，怎么办才好呢。”他搞笑般说了这句话，从床上跳下来，“介绍给你太可惜了，还是算了。喏，你最好先睡一下，我也要回去了。”

他离开病房，脚步非常轻快。我也忍不住露出微笑，但是……

关门的时候，我注意到了。

“晚安。”

岛崎说这句话时，声音有点沙哑。窥伺我的双眼当中，浮现出那天晚上让我胆战心惊的严肃神情。

岛崎离开之后，我像根棒子似的站在冰冷的地板上，凝视着门。前一刻开朗的气氛消失了。那扇门不只是病房的门，而成为竖立在岛崎和我之间的一道墙。

岛崎，你还隐瞒着什么？

24

我、岛崎和钿山老爹的联袂演出，实在是天衣无缝。耳洞女孩的存在完全没有被发现，正式调查就结束了。

在医院短暂的照面之后，我就没有机会再见到钿山老爹了，只能从报纸或新闻报道中，得知他自白的片段内容。

但是，对于老爹，我认为这样就够了。只要想起在大久保车站前，我们坐在一起吃炒面面包的事，我就觉得我能够了解老爹想为钿山稔做的事。我想，这样就够了。

田村警部抽动着他大大的鼻子，有好几次探我们的口风，问我和岛崎那天晚上人在白河庭园，真的是巧合使然吗？每次我们都装死装到底。

其实，警部先生一定嗅到相当多的线索吧。虽然如此，他却没有凶巴巴地追问，我想，可能是我们多少赢得了警部先生的一点信任。不过也许只是警部先生忙得不得了，一旦结案了，就没闲工夫去追究细节。反正是怎么样都无所谓了。

“公司”在白河庭园的这场混乱之后，被连根斩除，这次真的彻底被摧毁了。不过，大众媒体只花了短短几天大肆报道他们的作为，之后就失去兴趣。豪放女小姐叹着气说，就是因为这样，同样的事情才会再三发生。我觉得她说得一点也没错。

森田亚纪子没有死，有时候我会这么认为。走在路上，和化了浓妆、眼神飘忽的女孩擦肩而过时，我都会看见亚纪子站在她们身后。

每当那时候，我都会用力拉住走在我身旁的工藤同学，紧紧握住她的手，力道大得让她惊讶地抬头望着我。

“怎么了？”她问。

“没什么。”我回答。

森田亚纪子离我们越来越远，跟着一些不知名的、服饰夸张的女孩子一起远去。

我和岛崎之间的关系，只剩下那道墙——只剩下他可能瞒着我什么的怀疑，其他已一如往常。可能是因为这样吧，他不再不愿意和工藤同学还有我三个人一起聊天，也不排斥再加上伊达组，五个人一起行动。

很平静、很快乐，表面上是如此，甚至太美好了。

我觉得很奇怪。开朗的岛崎表现出来的模样，仿佛连那件命案都忘得一干二净般，让我老是觉得背后似乎还有些什么。

不能这样下去。在不成眠的夜里，我独自想着。如果有这道墙，我就无法活得舒坦。如果不破坏这道墙，我就无法前进。为什么岛崎要筑起这道墙？他是为了保护谁，或者是要让谁逃跑才这么做的？我无论如何都想知道。岛崎这么做的原因，我不能不知道。

真的，或许，这是我和岛崎认识以来，我第一次平静地，却是认真地对他动怒。

所有的关键，都在那位耳洞女孩身上。岛崎和她是怎么认识的呢？

他们两个之间有什么样的关联呢？我认为，对我而言，最大的工程可能就是找出这个关联。

我和岛崎认识很久了，也对彼此的生活形态了如指掌。的确，只要有需要，岛崎就能对我有所隐瞒。但是，那是指可以把东西藏在心里的箱子里，却无法将箱子本身隐藏起来。

如果岛崎在我不知道的情况下结交朋友，那会是在哪里？我想来想去，结果只找到唯一的一个可能——将棋社。

最可疑的就是这个春天的友谊锦标赛。岛崎说耳洞女孩是“别的学校的”，而友谊锦标赛会有其他学校的同学来参加。我想到一个好主意。

现在正值期末考结束，后半学年度的友谊锦标赛展开的时期。这次，我们足球社的友谊赛和将棋社的友谊对局也撞期了，我没办法去看岛崎下棋。

工藤同学来看我的比赛。

虽说是比赛，但其实我是板凳球员，顶多也只能大声为学长加油、帮学长们做做暖身运动而已。但是在球门后以白线画出来的临时观众席中，看到围着白围巾的工藤同学时，我还是很高兴。

她向我挥手。我假装要抓头，也偷偷地向她挥手。能够在板凳上大方地回应女朋友的加油的，只有三年级的学长，而且一定要是正规选手才可以。随便混也可以升上三年级，但是要成为正规选手可没那么容易。

我跟工藤同学约好要一起回家，所以比赛结束、整理完毕之后，我便来到学校正门大厅。工藤同学靠在我们班上的鞋柜旁等我。这时候，伊达同学和桥口从走廊的另一端小跑过来。伊达同学身上还穿着体育服和篮球鞋。

“啊啊，找到了找到了！”一看到我们，伊达同学就出声招呼，“找你们好久了。你们要不要一起到第二视听教室去？”

第二视听教室，那里是将棋社社团活动使用的教室。

“干吗？岛崎又赢了吗？”

“当然啊。不过才不只这样呢。”桥口与有荣焉似的挺起胸膛说，“他要举行观摩赛，一对五！”

工藤同学歪着头。我说：“就是一个人跟五个人下的棋局。岛崎要一个人跟五个对手下棋。”

“才刚刚开始而已，这可是很难得一见的哦。走啦！”

伊达组热情地邀约，但是我看了看工藤同学，她眨了眨眼，对我微笑，所以我笑着摇摇头：

“不好意思，我们……”

伊达同学露出有一点扫兴的表情，然后笑了出来：

“是吗？那好吧，我就放过你们。小久，拜拜！”

“真是重色轻友啊。”桥口也笑着说。

我和工藤同学并肩走出校门。走在叶子落光的行道树旁，她吐了吐舌头：

“我们真是不合群。”

“岛崎不会生气的。”

工藤同学会不会想起了上次去看春季友谊锦标赛的事呢？我想着，看着她的侧脸。她白白的脸颊在寒气之中泛红，面带笑容地转向我："我不讨厌将棋，也觉得好像很有趣，不过实在太难了，看不懂。"

"足球的规则就很简单，只有十七条而已。"

工藤同学哈哈地笑了。

春季锦标赛的时候，她和岛崎正在交往，不，就快交往的事，时效已经过了。这种轻松愉快的自信，已逐渐在我内心滋长。我们之间，已经没有任何问题了。

正因为这样，岛崎对我有所隐瞒的疑惑便越来越扩大。和工藤同学踩着枯叶走在一起，享受着每一个瞬间时，我的脑袋依然有一部分思考着这件事。

一放寒假，我便立刻将计划付诸行动。我算准了岛崎不在的时候，拜托将棋社的朋友让我看看过去的记录。这是件小事。

对局的记录和纪念照，按年份收在漂亮的相本里加以保管："你要看的不是这次锦标赛的记录吧？春季的就可以了吧？"

"嗯，对啊。"

我翻动相簿的手，有点发抖。手心冒着汗。

然后，找到了。上次友谊锦标赛结束之后，所有人一起拍的纪念照里，出现了工藤同学。她就站在抱着绑了新缎带的优胜奖杯的岛崎后面。

然而，工藤同学旁边的旁边，出现了耳洞女孩的笑容。

她的脸蛋，那张照片，我有印象。

尽管我不敢相信，尽管我不愿意相信。

这就是那张传单上刊登的照片。跟工藤同学一起，印在“公司”手下的电话交友中心的传单上。未经她们的同意，便将她们当作“商品”。

上一次友谊锦标赛的交流学校，是本地的公立第四中学。

我指着耳洞女孩，问她叫什么名字。我朋友查看参加者名单告诉我：

“她叫葛西桂子。按记录上写的，第一回合就输了。不过，这样看还真可爱。”

“她有没有穿耳洞？”

朋友把脸凑近照片：“耳朵上好像有戴东西。”

“你不记得？”

我朋友笑着歪着头，说：“我记得不是很清楚。而且四中在我们这里是最乱的学校，很有名呢，你不知道吗？”

“他们的足球社好像还好。”

“这样啊。听说他们学校不良少年很多，不晓得是不是因为这样，校规不是普通地严，体罚也很重，好像经常出现问题。老实说，那次锦标赛时，我们也有点怕怕的。后来才听说，原来四中将棋社的顾问老师是很热心的人，特地把其他社团不肯收的问题学生集合起来，教他们下将棋。你看，里面不是有染头发的人吗？女生穿耳洞的，在四中也不算稀奇。”

这跟岛崎说的耳洞女孩相符合。很乱的学校，有问题的学校。

“这张照片，会发给每个人吗？”

我忍住几近发抖的声音，问我朋友。他立刻回答：

“凡是参加的人都会发啊。”

“有留名字和住址吗？”

他笑了：“名字看参加者名单就知道了，不过不需要住址，寄到学校就好了。”

说得也是……我心想。只要知道学校和名字，就绰绰有余了。

原来是这么一回事吗？所以岛崎才会露出那种表情吗？

友谊锦标赛拍的照片，是谁拿给森田亚纪子的？

谁有必要这么做？

那天晚上，我打电话给岛崎，因为我没有勇气去见他。我觉得，如果我没有看到他，也许就敢开口。

“我想跟葛西桂子同学联络。”

我劈头就这么说。岛崎没说话。过了一会儿，才小声地问：

“你要跟她说什么？”

“我看到友谊锦标赛的照片了。”

又停了数秒。

“所以？”所以？所以怎样你真的要我说出来吗？！我控制住想大吼的自己，说：

“那就是那张传单上的照片。照片不可能是她自己交给森田亚纪子的，是别人给的。我想知道那个人为什么要这么做，我想知道事实。”

岛崎没说话。电视游乐器的声音从他背后传过来。

“知道事实以后你要怎么做？”岛崎问。

“我哪知道啊！但是，我非知道不可。我不能不知道。”

像叹气似的，岛崎沙哑地说："没有什么你非知道不可的事。没有什么你不能不知道的事。"

怎么啦？谁打来的？电话里传来岛崎妈妈的声音。

"你早就知道了吧？"我说，"你知道，却一直没说。"

看到传单上耳洞女孩的大头照，那一瞬间，岛崎应该就已经明白一切了：能够把那张照片交给森田亚纪子的，只有一个人。

所以那时候，他才会震惊得全身都僵了。仔细想想，岛崎就是从那个时候开始变得怪怪的。

然后一直对我隐瞒真相，直到现在。他在我的面前竖起一道墙，不正视我的眼睛。

"我不希望你对我有所隐瞒。我死都不要你说，你是为了我好才这么做的。"

对于我的话，岛崎沉默以对。

"如果你以为能够瞒到底，那就错了。我并没有那么笨，你不要小看我。"

岛崎没有回答。

"你说话啊！"

岛崎总算开口了，但是听不清楚。

"我听不清楚。"

于是，岛崎轻声笑了。那种感觉就像——除了笑之外他也无能为力，所以只好笑了。

"我没有小看你。"

我紧紧握住听筒，觉得自己好像用力掐住岛崎的脖子。

"骗人。"

“我没骗你。我只是很犹豫。”

“很犹豫？”

“嗯。我不知道是要演一些不入流的戏来打马虎眼儿，还是干脆向你低头，求你不要再对那件命案、对耳洞女孩继续追问下去。可是，我也想到，不管怎么做，到最后结果都一样，所以我一直犹豫不决。我也……”

声音变得有点小。

“我也不知道该怎么办才好。”

这是岛崎吗？他会犹豫？他会不知道该怎么办才好？

“现在会太迟吗？”岛崎的口气好像在征求我的意见似的，慢慢地说，“我现在求你，已经太迟了吗？如果我请你不要去打扰葛西桂子的话。”

声音越来越小了。我这才发现，原来我拿着听筒的手垂下来了。

“太迟了吧。”岛崎说，“抱歉，对不起。”

我好想哭。因为岛崎的声音、口气，实在伤得太重了，他已经筋疲力尽了。

在漫长的沉默中，电话线里刮起了寒风。喂喂？喂喂？有人在吗？

我闭上眼睛。

“让我见葛西桂子。”

然后，在岛崎开口之前，在他以那种我以前从来没听过的虚弱声音跟我说话之前，我急忙把话接下去。否则，我一定会失去勇气。

“我不是要去质问她。我只是……想知道，工藤同学的事。”

因为……

“因为把葛西桂子的照片交给森田亚纪子的，就是工藤同学，对不对？我说得没错吧？”

缓缓地，像是放下重担一样，岛崎回答了：“是的，没错。”

我的眼睛，看见岛崎卸下重担的背上，留下了无数的伤痕。

那份重担，这次换我来挑。

“你不能装作不知道吗？”岛崎在遥远的另一端问。

我面对着两条岔路。但是，该走的路实在太明显了。这件事，岛崎也应该心知肚明。

“不能。”我回答。

岛崎停了一下，然后才说：

“你不能想想工藤同学的心情吗？”

“我考虑看看。但是，那是等我知道全部事实以后的事。”

我要知道所有的真相，所有的。

在打完这通电话之后的两天，我和葛西桂子同学见面了，地点是在离我们学校很近的公立图书馆的自行车停车场。

“这里虽然冷，不过没什么人。”

说这句话的她，鼻尖冻得通红，耳环已经拿掉了，近看耳垂上还有耳洞的痕迹。

“我要转学了。”她笑了笑，这么说，“在白河庭园发生钿山伯伯的那件事之后，我想了很多。”

即使不戴耳环，她看起来依然是个好强的美人，说起话来也是条理分明。看起来是有点傲，跟工藤同学完全相反。

她下半身穿着洗白的牛仔裤，配上运动鞋，上身是宽松的毛衣加上连帽牛角扣外套。这个样子，要是还留着那张照片中的短发，看起来不像美少女，倒像是美少年。她比北风更爽飒，比冬天的夜空更深邃清澈。

“要把全部的事情说出来吗？”

葛西同学回头瞄了一下岛崎。他坐在自行车停车场的矮墙上，两只手肘撑在膝头，与我们有一点距离。

在岛崎回答之前，我先开口了：“希望你能全部告诉我。”

即使如此，葛西同学还是看着岛崎。他稍微耸了耸肩，点点头。

“森田亚纪子一开始是在放学的路上等我。”葛西同学说，“她说，我表妹认识你，把你介绍给我，手上还拿着那张照片。又说，她知道有很不错的兼职工作，问我有没有意愿。”

她说，她完全不知如何是好。

“她实在很难缠，也有点……可怕。而且我……说来抱歉，根本不记得她表妹工藤同学。”

“我想，工藤同学介绍你的时候，也不是很记得你。”

对于我怯弱的话，她点点头。

“一定的吧。工藤同学也一定很怕亚纪子，为了转移她对自己的注意力，才会叫她来找我。这也不能怪她。像我，看起来就是有点不良少女的样子。她一定是认为，如果是我的话，应该有办法应付亚纪子吧。”

或许吧。但是，让我不能释怀的，也是这一点。

我们谈话时，岛崎一直看着别的地方，一副就像我在现场动手术，他不忍卒睹的样子。

“希望你不要为了她所做的事责怪她。”葛西同学说，“如果站在相反的立场，我也会做同样的事……”

“会吗？”我打断她，“真的吗？你真的也会做同样的事吗？”

她没说话，咬了咬干燥的嘴唇。

“现在说这些有什么用？”岛崎冒出一句。

“是啊。”葛西同学说着，拢了拢连帽外套的领口，“不过，总而言之，钿山先生救了我。要是他没有跟我联络，事情一定会很麻烦。”

我举起被北风冻僵的手，按住额头。

“然后，你就跟他熟起来了？”

“嗯，他是个好人。要是没有跟‘公司’扯上关系，他现在一定已经是个很好的针灸师傅了。你知道他为什么会对针灸有兴趣吗？他说，他妈妈肩膀酸痛很严重，经常念着针灸很有效，可是却很花钱。他一直记得……”

他是个很体贴的人，葛西同学低声说。

“钿山杀了森田亚纪子之后，就跟你联络了？”

“不是的。”葛西桂子摇摇头。

“那，是老爹跟你联络的？”

“不是的，不是那样。”葛西同学说，“那时候，我就在白河庭园。”

我睁大了眼睛，岛崎也看着她。

“亚纪子被杀的时候，我就在现场。”

我向后退了半步，撞到停在后面的自行车。

“钿山先生和钿山伯伯都叫我不要把这件事告诉别人，叫我装作跟这件事无关。可是……”

葛西同学转头看着岛崎。

“岛崎同学看到‘天堂’的传单之后来找我，问我：‘你当时是不是也在现场？’我吓了一大跳，问他怎么知道的。那时候，我真的吓得心脏都快从喉咙跳出来了。”

岛崎坐在矮墙上，叹了一口气。那是一口白色冰冻的气息。我向他走近。

“一开始，我就认为命案现场应该还有另一个人才对。”岛崎说。

我突然想起来了。没错……刑事侦防车送我们回家的时候，岛崎喃喃地说了一句话——应该还有别人吧？

“你怎么会那么想？”

“你回想一下，那时候，你为什么会误以为倒在地上的是工藤同学？”

“因为……我看到有人倒在那里啊。”

岛崎摇摇头：“不对，不是那样的。一开始，你不是听到有人大喊吗？”

我往记忆里搜寻。那天晚上，我进了白河庭园的入口……

对……没错，我听到有人喊“有个初中女生倒在地上”，所以我整颗心就悬起来了。

“可是，你到现场一看，倒在那里的却是亚纪子。”岛崎说，“所以，我能了解那时候你为什么会认错。因为你太激动，所以才会认错。但是，第一个大叫的人呢？穿着红色迷你裙倒在那里的亚纪子，怎么看都不像初中生啊。就算肌肤再年轻，脸蛋再可爱，服装就已经不对了。”

听他这么一说，的确如此。

“如果他说的是‘年轻女孩’或是‘女人’的话，那还可以理解。但是，最先大喊的那个人，清清楚楚地说是“初中女生”。到底是根据哪一点，才会说出“初中女生”这样的字眼呢？于是，我就想，发出那阵叫声的人，看到的可能不是亚纪子。在亚纪子倒下的地点附近，就在她倒下之前，应该有一个一看就知道是初中生的女孩倒在那里，所以一开始大喊的人才会说是‘初中女生’。”

那天晚上，没有灯笼的地方都被秋天的夜色占据。在绿意深深的庭园里，夜色会让感觉错乱到什么地步，我最近才刚亲身体验过。即使有人真的像岛崎所说的那样看错，也不足为奇。

我也认为这样的推论很合理。

“自此，我就对那个第三者是谁感到纳闷。是森田亚纪子的同伴吗？是锢山稔的同伴吗？……不管怎么样，她一定是个初中女生。”

我对岛崎说：“我记得很清楚，你看到‘天堂’的传单的时候，那表情就好像被人甩了好几巴掌。我还在想你到底是怎么了呢。”

岛崎苦笑：“我真是不会演戏。”

“也难怪，因为那是双重打击啊。自己认识的人照片被登出来的打击，以及能够提供那张照片的只有工藤同学这个事实所造成的打击。再加上，你又发现白河庭园的第三名人物，可能就是这位葛西同学。”

“岛崎同学来找我的时候，脸色好难看。”葛西同学说，“所以，我就下定决心把一切都告诉他，并马上介绍锢山先生的爸爸给他认识。”

我、岛崎和伊达同学从田村警部嘴里知道森田亚纪子在“公司”所担任的职务，是在看到传单之后的事。那时候，比起激动得哭出来的伊达同学，和太过震惊而茫然的我，岛崎显得非常镇定。那时候我丝毫没有在意，现在想起来，当时的岛崎，已经从葛西同学那里听说事情的来龙去脉了，所以才能够那么冷静吧。

“那天晚上，你为什么会在那里？”

这些字的排列实在很简单。如果叫我译成英文，也不会太吃力吧。但是，就内容而言，这才是直捣核心的问题。

葛西同学走到岛崎身边，和他并排着坐在矮墙上。

“我是被叫出去的。”

“被谁？”

“亚纪子。”

“她为什么要叫你出去……”

“那时候我也不知道。不过，我把她叫我出去的事告诉钿山先生，他马上就说了……”

——因为那天，白河庭园要举办虫鸣会，工藤家的人都会去。亚纪子要让工藤久实子和你碰面，要让她看到，她所介绍的女孩子已经在自己手下，想借此来威胁她。

我看着岛崎的脸，他的眼神盯在自行车停车场的混凝土地面上。

“我想，钿山猜对了。”他低声说，“亚纪子就是为了这个缘故，那天晚上才会选择去白河庭园的。”

你看，代替你的女孩在这里，她就是你“卖”给我的女孩！

你知道这代表了什么吗？你做了要不得的事了。要是这件事被别人知道了，你知道会有什么后果吗？

站在夜晚的庭园里，背后衬着无数的灯笼，眼里发出胜利光芒的森田亚纪子。若是遇到这样的亚纪子，工藤同学会怎么样呢？到那时她才会发现自己做的事有多可怕、才明白事情已经无可挽回，想必她会当场僵住吧。就在那个原本应该和毫不知情的双亲和外公外婆共享天伦、美丽欢乐的灯笼之夜。

“事实上，因为发生了意外，工藤同学并没有到白河庭园，”岛崎说，“但亚纪子心里打的是这个主意。”

从钿山那里听到这件事的葛西同学非常害怕。

“不管怎么样，就算钿山先生没有叫我不要去，我本来就不打算听亚纪子的话出门的。可是，钿山先生说他要去，说在亚纪子遇到工藤一家人之前，拖也要把她拖回来。”

“而你因为担心钿山，所以那天晚上也到白河庭园去了？”

葛西同学点了点头：

“人很多，我很担心找不到钿山先生他们。不过，后来我总算看到他们在树丛那边，就靠了过去。”

他们两个在无人注意的树丛后面起了争执。虽然压低了声音，但钿山非常激动，抓住亚纪子的双手。亚纪子则是抵抗着，想把他甩开。

“一看到我，亚纪子更生气了。”

葛西同学耸起双肩，缩起身子，好像想自那一夜的记忆中保护自己。

“她的声音好高，尖叫着你们又联手来对付我了，然后对钿山先生说……”

——竟然搞这种小女生，你变态啊？你快给我清醒过来！

“我从来没听过那么下流的话。”葛西同学说，“那一瞬间，之前我一直忍耐的种种事情全都爆发，忍不住全都说了出来。钿山先生明明再三交代我不能说的。”

葛西同学双手遮住脸。

“你说了什么？”

是岛崎回答我的问题：“就是钿山为了搞垮‘公司’，偷偷把顾客名单偷出来的事。”

原来如此。我有一种豁然开朗的感觉。

葛西同学放下双手，眼睛已经红了：“我实在忍无可忍。我说，你算什么东西！你再嚣张也嚣张不了多久了。结果亚纪子就铁青着脸，朝我冲过来。”

亚纪子突然给了葛西同学一巴掌。

“我被打得飞了出去，倒在地上，撞到头，好像就这样昏了过去。”

但是，她昏倒好像也就只有短短两三分钟。等她醒过来，便听到附近人声嘈杂，已经引起骚动。她连忙爬起来，发现钿山站在两米外的地方。

“他右手拿着一把冰凿。”葛西同学以平板的声音继续说，“一直到那时候，我才知道原来他带着那种东西。”

“冰凿啊……”

而且，亚纪子面朝下倒在钿山脚边的树丛底下。

“钿山先生说他杀了她，他的表情，好像随时都会哭出来的样子。”

葛西同学端正的脸蛋扭曲了，仿佛那一晚的钿山附在她身上。

“她说，她要把名单的事告诉‘公司’的干部，奋力想逃走，所以他不由得……不由得……”

拿起冰凿，往逃走的亚纪子后颈刺了一下。“他说，他本来是带着用来威胁她的。”葛西同学说，“因为他无论如何都必须在亚纪子见到工藤家的人之前，把她带回去。可是，他并没有打算杀害她。”

钿山就这样呆呆地站在那里，对着倒地不起的亚纪子，声泪俱下地不断重复同一句话——看吧，所以我不是说了吗？要你多想想，别再做这种事了，我不是一直、一直就跟你说吗？

“这次换我抓住钿山先生，使劲摇晃他，我必须让他回过神来。”葛西同学说。

然后，他们两人就混在目击亚纪子尸体的人们——不，是在那之前，因为看到昏倒的葛西同学引起的骚动中，逃离了白河庭园。

“那支冰凿怎么处理？”

“在逃走的途中，丢进河里了。我们只顾着逃，所以记不得到底是丢在哪边了。”

我想起来，凶器到现在都还没有找到。

“钿山先生送我回家，他自己回到公寓。第二天他打电话来说，警察一调查亚纪子的身份，一定会循线查到‘公司’，这是搞垮‘公司’的好机会，所以他很兴奋。我劝他自首，可是他说现在还不能去，要是随便自首，看起来会像是因为分手不成而杀人。他说他要等到警方更深入调查‘公司’之后再去自首。他叫我不要再跟这些事情扯上关系，还叫我不要担心。他说，他不会把我的事告诉任何人，包括警方在内。”

可是，“公司”也不是省油的灯。照后来的情况，很容易就想象得到。

“‘公司’一知道亚纪子被杀，马上就怀疑钿山先生——当然比警方更早。因为‘公司’早就知道钿山先生想脱离‘公司’，而且为了这件事跟亚纪子闹得很不愉快。于是，就开始到处抓他……”

钿山是什么时候被“公司”逮到的呢？正确时间葛西同学也不知道。但是，失去他的消息，是在他的遗体被发现的四五天之前。

“顾客名单一开始就寄放在钿山老爹那里，不是吗？”我发问。

“嗯，是啊。”

“既然这样，老爹……啊，你也是，为什么不立刻交给警方呢？”

岛崎阻止葛西同学，代她回答：“因为老爹把名单当作是一种‘保险’。”

“保险？”

“对。他认为只要名单还在他手上，‘公司’就算抓到钿山，也不会杀了他。那些人在钿山招出名单所在之前，也不会杀了他。而且，在他们以这种方式争取时间的同时，‘公司’便遭到破获了。但是，却完全没有关于名单的报道。这么一来，老爹便认为警方在破获‘公司’时漏掉了名单，就把这份名单看得更重了。”

岛崎摇摇头：“但是，老爹和钿山都想得太天真了。一旦被抓，那种交易是行不通的。”

意思是说，他会受尽折磨，直到屈打成招吗？

“可是，听说钿山的遗体很完整，没有外伤……”

“要不留痕迹地折磨一个人，方法多得是。”

岛崎从矮墙上站起来，又蹲又站地活动着，好像很冷的样子。

“接下来的事，你就都知道了。”说着，他看着我，“通过葛西同学，我也跟钿山老爹联络上了。也因为这样，才会去帮忙那场大闹剧。当然，不管是对我还是她，老爹都说太危险了，叫我们不要参与。但是，老爹自己一个人反而更危险，所以我不能不管。”

我总算知道岛崎行踪不明的那段期间，在做些什么了。

“这样，你有没有觉得舒服一点了？”

岛崎凝视着我，这么问。

“接下来你有什么打算？”

我无法回答。勉强才挤出几句话：

“这件事我不会告诉任何人的，我会当作永远的秘密。我发誓，我不会泄露一个字，就算对田村警部和豪放女小姐都一样。”

葛西同学以小小的声音说：“谢谢。”小得几乎会被混凝土上刮起的风声淹没。

“我是问你，你有什么打算？”

我低着头，转身离去。一面向自行车停车场的出口，脸便被北风刮个正着。

我什么都没说，离开了他们。虽然没有回头，但是在图书馆的转角转弯时，我的眼角看到葛西同学追到一半，停在路上。

“我听不懂你在说什么。”工藤同学说，“绪方同学，你在怪我吗？”

这是距图书馆自行车停车场的会面以来，整整三天之后的事。我握着听筒，电话的另一端是工藤同学。

我还是无法不找她谈。打电话给她的时候，我完全是打算找她“谈”的。

可是，这样能叫作谈吗？

“我没有怪你啊。”我尽可能慢慢地、平静地说。这是第几次了？

这是我第几次说我没有怪你了?

“我只是想问，到底是怎么回事……你到底是怎么想的而已。”

“所以我不是说了吗?”工藤同学的声音在发抖，“亚纪子姐姐缠着我，我很害怕啊。”

“是啊，你一定很害怕吧……”

“她说，如果说不动我，她会有麻烦。既然我不行，就叫我介绍别的朋友。我真的甩不掉她，好想哭……我又不能让朋友遇到这种麻烦。”

那不认识的女孩就可以吗?看起来坏坏的女孩就可以吗?像葛西桂子那样的女孩。

对于我没有说出口的质问，工藤同学似乎感应到了。她很快地这么说:

“我并不是认为葛西同学跟平常的女生不一样。”

但是，她的辩解，比任何一句话都有力地陈述了她真正的想法。语言是个多么爱作弄人、多么无法隐瞒心声的东西啊。

突然之间，我内心最恶劣的部分开始向我打小报告。岛崎在春天的友谊锦标赛之后，开始疏远工藤同学，是因为这个缘故吗?她体内那个好孩子、模范生的部分，对于非我族类的人、事、物，只要有必要，便可以冷酷到极点。岛崎是在看到工藤同学对葛西桂子及四中学生的态度之后，便看穿了她这一点吗?

也许如此。但是，这不是理所当然的吗?谁都讨厌不良分子啊。

但是——在我心中的另一个部分发言了——讨厌和把他们“卖掉”是两回事。

事实上，一直到看到葛西同学的照片出现在“天堂”的传单上之前，岛崎是设身处地地为工藤同学着想的，设法和伤害她的那些谣言和中伤对立，为她加油打气，设法保护她。

是的，一直到那时候为止，直到看到传单为止，岛崎也是喜欢工藤同学的。春天的友谊锦标赛之后，岛崎和工藤同学之间莫名地疏远，或许并没有什么大不了的理由。也许只是岛崎不急着继续发展而已。或者，他只是考虑到对工藤同学一头热的我而已。又或者，岛崎只是觉得要交女朋友，像伊达同学那种类型的还是比工藤同学这类的女孩轻松。

也许，纯粹只是因为岛崎对工藤同学的热度，没有像我这么高而已。

是的，这就是我和岛崎最大的不同。完完全全的不同。

我非常喜欢工藤同学。

“那女孩——叫葛西同学是不是？我没想到她会那么害怕。”工藤同学继续说。

我闭上眼睛。够了，别再说了。

“她和我不一样……看起来很像大人。”

像大人，好方便的字眼。那时候，你身边明明就有很多大人，他们才是你应该商量的对象。你却选择不告诉他们，不让他们烦心。

这是体贴吗？是吧，是效果有限、只对某些人才有的体贴，外部人士禁止入内。

“我把照片给姐姐看，也说她是四中的，可是我没想到姐姐真的会去找她。”

工藤同学说着。你一定没想到吧，一定是的。

“虽然我知道不可以这样，可是我没有其他的办法。”她语带哭声。

“我好害怕，又不能跟妈妈或姨妈讲。讲了大家会担心，姨妈和妈妈之间也会变得怪怪的……”

我想，那是一定的。但是，我却没有勇气亲眼看到工藤同学哭泣的脸。所以，我在她家门前的便利商店打电话。

工藤同学就在我前面，就在那扇窗户后面。她在哭。要安慰她很简单，但我却做不到。在安慰的这条路前面，有一道顽强的墙阻挡着我。

“你有没有想过，这么做反而会更危险？”

“为什么？”工藤同学哭着问，“为什么？”

我的脑海里卷起了彩色的旋涡，颜色非常难看。

“你把照片交给亚纪子的时候，就已经把那位葛西同学卖给她了。”

工藤同学传出惊愕的吸气声：“我哪有卖掉……你好过分。”

但是，事实便是如此。这件事甚至与命案有关。

钿山稔之所以不惜直接与葛西桂子联络也要救她，应该是因为她是亚纪子通过表妹工藤同学的“介绍”找来的女孩吧。这代表了什么意义，钿山非常清楚。

把葛西桂子拉到“公司”里来，等于直接把工藤同学拉进来，等于是让亚纪子抓住工藤同学的把柄。亚纪子本人就是这么认为的。所以那天晚上，她知道工藤同学一家人会去白河庭园，才会想带葛西同学去。

在亚纪子心中，工藤同学是比任何人都可恨的具体对象。无论付出任何代价，亚纪子都想把她踩在脚底下、想把她拖下水。突然之间，我像中了邪似的，想到一些可怕的可能性。

亚纪子之所以会如此痛恨工藤同学，会不会是因为工藤同学具有一些刺激亚纪子负面情感的因素？

总是被瞧不起的人，会变成什么样子呢？一直受到贬抑的人，会变成什么样子呢？

“如果亚纪子拿介绍葛西同学这件事来威胁你，你打算怎么办？”

事实不就是如此吗？照片一样被拿去用了，工藤同学并没有逃离亚纪子的魔掌。

“不，在那之前，最基本的，葛西同学会有多困扰呢？她有可能会被卷入多可怕的事情，你都没想过吗？”

为什么？为什么你能够“卖掉”葛西同学？只不过为了逃过眼前、逃过一时，就不惜把别人拉下水。

就这样说着说着，我无意中清楚地领悟了一点。和其他事情相比，最让我无法释怀的是，工藤同学完全没有把这件事情告诉任何人，无论是我、岛崎还是伊达同学。她刻意隐瞒，装作毫不知情。

和我去看海的时候、在鲍伯叔叔的店里的时候、走在枯叶遍地的人行道上的时候，她都只字未提，刻意隐瞒，完全装作毫不知情。

被亚纪子纠缠的事，一开始也是瞒着我们。针对这件事，工藤同学向我们道歉了，内疚沮丧得令人忍不住想安慰她。

因为那是她自己的事，因为那个谎是瞒不住的。

但是，关于“卖掉”葛西同学这件事，则另当别论。工藤同学对这件事保持沉默，完全密封起来，不露出任何缝隙，仿佛这件事从未发生过。

是的，最可怕的就是，她甚至已经把这件事给忘了也说不定。

认为那没什么大不了，反正跟我没有关系。

“你为什么不说话？”我问。

工藤同学没有回答。反而这么问：

“绪方同学，你怎么知道的？你怎么知道那张照片是我拿给亚纪子姐姐的？”

我张口结舌，没有回答。

“太过分了……一定是岛崎同学对不对？只有他了。那张照片也是他给我的……”

怎么办……工藤同学哭出声来了。

“要是被警察知道了，我该怎么办才好？”

我听着工藤同学的哭声，转过身背对她家的窗户。我看见便利商店的自动门上映出了我的脸。就跟那天晚上目送葛西同学离去的岛崎一样——严峻、阴沉的脸。

“我好怕，我只是很害怕而已。”

工藤同学就只是这么说，我只能无可奈何地挂断电话。

为什么、为什么、为什么……

是啊，你一定很害怕吧。别再放在心上了——为什么？为什么我说不出这句话？为什么我不能对她笑呢？你一定很难过吧。亚纪子真是个坏蛋，一切都是她的错！我只要这么说，让一切结束就好了。

为什么我办不到呢？

我离开便利商店。在转弯时，回头看了工藤同学家一眼。窗户是关上的。蕾丝窗帘没有摇晃，也没有出现人影。

结束了，我想。

我和水族馆夫人约好了。

总有一天，我会带着我最心爱的女孩去夫人店里，夫人会依她手指的尺寸，为她制作一只世上独一无二的黑珍珠戒指。

那是许久、许久之后才会实现的约定。

在回家漫长的路上，我的脑海里只有这件事。耳边听着寒风的呼啸，硬是叫自己想着这件事。枯叶打在我的小腿前方，又被强风吹走，赶到隆冬之中。我的眼睛只是看着枯叶的颜色。

回到公寓入口，看到岛崎靠在敞开的门上。

我停下脚步。岛崎把下巴埋在外套的领子里，微眯着眼睛看我。

“你在那里干吗啊？”我问。

岛崎慢慢地站起身来。他大概已经在那里待很久了吧，脸色灰得像今天天上的云一样。

“因为是除夕啊，”他说，“给你来个年底告别。”

我们相距两米之遥，默默无言，像傻瓜似的站在那里。岛崎突然抬头看天，说：

“今晚好像会下雪哦。”

我的心情早已处在暴风雪之中，所以现实中的天气如何，我并不关心。但是，或许是受到他的影响，我也抬头看天，冬天的天空被厚厚的云层封住，变得好低。天空就像我此刻的心，既不深邃，也不宽广。

风吹着眼睛，渗出了少许泪水。因为风的关系，才会流出眼泪。

“趁你还没冻僵，快进去吧。”我说。

我率先进了大厅，但岛崎还是站在大门那里。我看着他，他稍微举起手，从厚外套的长袖子里露出手指头，轻轻挥了挥："我只想跟你打个招呼。"

然后，他便转过身，迈开脚步，离我远去。他的身影在角落转弯消失之前，我出声叫住他。

"岛崎……"

我的话像白雾一般飘向岛崎，岛崎回头。

"明年见。"

岛崎回头看着我，像冻僵了似的一动也不动。但是，他吐出不输给我的白色气息，说：

"明年见。"

就这样，这一年的我们互道告别，也和这一年做了告别。和旧的一年、已经过去的一年告别。

我和水族馆夫人约好了。这个冬天，每当胸口泛起一阵刺痛，我都会想起这件事。想着，总有一天，这个日子一定会来临。就这么想着想着，有一次突然心情变得很轻松，可以想象夫人听到我留言的样子了。

——小弟弟。

夫人一定会感到很怀念吧。

——你打电话来，真令人开心。

夫人大概会看着窗外，眺望充满蓝灰色寒气的街景。然后，会露出浅浅的微笑。

——不过，还早呢！春天要很久很久以后才会来。

是啊。春天要很久很久以后才会来。